チョン・スユン
吉川凪 訳

言の葉の森

日本の
恋の歌

亜紀書房

目次

二章　翻訳家の仕事場

三章　孤独を応援します

四章　悲しみではなく、愛

序文

二つの言語を行き来する旅

五、六年前のことだ。今はもう取り壊されてしまった普門洞《ポムンドン》の伝統住宅にあった仕事場で、顔相を見ればその人の前世がわかるというシナリオ作家にこんなことを言われた。

「あなた、前世は日本人だったね」

「え、そうなんですか？」

「前にあたしが、アイスクリームがカチカチに凍ってて食べるのに苦労していた時、電子レンジで軟らかくしてくれたことがあったでしょ。あの時、思い浮かんだの。あなたはね、朝鮮の独立運動を助けた日本人だった」

「ははは。アイスクリームをチンするのと神聖な独立運動と、どう結びつくんですか」

その場では笑い飛ばしてしまったけれど、考えてみれば妙なことではある。日本に行って図書館の本を読んで過ごし、帰国してから十年間は、ほぼ毎日、日本語を韓国語に訳しながら暮らしている。子供の時には想像もしていなかった生活だ。何が私をこの道に導いたのだろう。それにしても、独立運動とは……。私はほんとうに、それほど勇敢な人だったのだろうか。命懸けで隣国の独立を叫んでいたのだろうか。その時も二つの国の間を行き来しながら二つの国を愛し、二つの言語で悲しんだり喜んだりしていたのだろうか。

내내 헤매니 전생의 인연이라 괴롭긴 해도 사랑하는 마음은 세월을 돌고 도네

まよひそめし 契《ちぎり》思ふが つらきしも 人にあはれの 世々《よよ》にかへるよ

(恋に迷っているのが因縁のせいだと思うとつらいけれど、結局はあなたへの愛という前世からの気持ちに戻ってしまうのだな)

徽安門院《きあんもんいん》『風雅和歌集』

恋に落ちた十四世紀の女性が残した和歌だ。仕事であれ恋愛であれ、誰でも一度は思ったことがあるだろう。人生に迷ってとてもつらいけれど、来世でも来来世でも愛さずにいられないほど好きだと。自分でも説明のできない力に導かれ文芸翻訳を仕事にしている現在の私の気持ちもそうだ。

和歌をテーマにしたエッセイを書いてみないかと、誰もやったことがなさそうな企画をチョンウン文庫の編集者に提案された時、私は何となく前世の話を思い出した。和歌は日本人独特の情緒が盛り込まれた詩的芸術だ。気に入った和歌を訳し、味わいながら思いついたことを書く。簡単ではなさそうだけれど、そんな提案をされるのも何か理由があるのではないか。そう思って、ぞくっとした。

だが、それは一瞬の火花だ。焚き火にするには薪を割り、炎が燃え上がるのを待たなければいけない。本を買って読み、頭をかきむしったり、窓の外をぼんやり眺めたりする日々を送った。一行も書けないまま、まる一日机の前に座って腰が痛くなった。泣きたい。やっぱりやめます。そんなメールを、十回ぐらい書いては消した。

とにかく何かやってみようと思って百人一首の札を壁に貼り、古《いにしえ》の歌人が見た風景を想像してみたりもした。韓日関係が悪化したので本の刊行を遅らせようという連絡が来た時には、ひそかに快哉を叫んだ。ああ、しばらくはこの苦痛から解放される（収入がなくなるのは問題だけど）！　そんなふうにいくつかの季節が過ぎ、零下の気温が続いたある日、自分の内部で言葉が少しずつ結晶し始めた。このエッセイは、そんなふうに始まった。

和歌は日本固有の詩だ。〈和〉の〈歌〉。〈歌〉と呼ばれるほど暮らしに深く溶け込んでいた芸術だ。日本の新しい元号〈令和〉も、奈良時代に成立した日本最古の歌集『万葉集』に由来している。

初春の令月、気淑《うるは》しく風和《やは》らぐ。梅は鏡前《きやうぜん》の粉《こ》に披《ひら》き、蘭《らん》は佩後《はいご》の香《かをり》に薫《かを》る。

天平二（七三〇）年正月十三日の夜に、寒さに負けずに咲く梅の花を見て詠んだものだ。〈令和〉は美しく縁起の良い月（令月）の下に穏やかな風が吹くという言葉の雰囲気を受け継いでいる。

和歌は五七五七七の三十一文字《みそひともじ》の中に自分の心情や世の出来事を盛り込む。簡潔さを重んじる和歌に私のエッセイなど付け加えていいものかという気もした。減らそう、軽くなろう、重くては真実を伝えられない。日本の古典詩歌は基本的にそうしたベクトルを持っている。だからこのエッセイは、和歌の森で拾ったドングリみたいなものだと思っていただきたい。ドングリも見ようによっては愛らしいし、何かの役に立つこともある。

私の前世など永遠にわからないまま終わるだろうが、確かなのは、私が韓国語と日本語の悠久の歴史の隅っこで、自分なりのイメージをつくって生きてゆく人間だということだ。一つは生まれると同時に私のところにやってきた。もう一つはおとなになってから自分で訪ねていった。二つの言語を行き来することから来るインスピレーションを大切にしたい。そして今生《こんじょう》が終わるまで二つの言語を両手に、何か楽しいことをしよう。そう決めた。

言語には一種のマジックがある。心地よい言葉は私たちを心地よいところに連れていってくれるし、美しい言葉は美しいところに連れていってくれる。地獄を盛り込んだ言葉は地獄のようなところに連れてゆく。말《マル》（言葉）は人間の乗る말《マル》（馬）だ。私たちは自分の言葉が進む方向に行く。これは真理だと思う。

世のすべての古典は人類が言語で育てた森だとすれば、この本は列島に生い茂った森の木を移植した小さな植物園だ。異国の和歌六十五首をここに植える。この小さな和歌植物園で、ちょっと休んでいってください。その時、私のエッセイが優しい話し相手になれればうれしく思います。もちろん、うるさいと思われるなら、黙って一粒のドングリになるつもりです。

二〇二〇年　大きな木の下で

チョン・スユン

一章

言の葉の森で

나무 아래로 한곳에 그러모은 언어 잎사귀
어머니가 남기는 숲의 유품입니다

このもとに かきあつめつる 言《こと》の葉を
ははその森の かたみとはみよ

木／子のもとにかき集めたこの和歌の草子を、
母の形見と思って見てください。

源義国妻『詞花和歌集』

蝶と葉っぱ

死んだらどこに行くのだろう。シェアオフィスの仲間と中庭に座ってそんな話をした。愛らしい春の花でいっぱいの近所の花屋の前を素通りできず、菫《すみれ》やタマスダレなどの鉢を買ってきて植え替えた時だ。どうして花があることを知ったのか、白い蝶が来て葉っぱの間をひらひら飛んでいた。

母は亡くなる前の数年間、脚が痛くて歩けなかったんです。だから蝶々を見ると、死んだ母が訪ねてきたような気がします。その人が言った。そう聞くと、その蝶がほんとうにその人のお母さんであるような気がしてくる。人は死んだら蝶になるだろうか。生前なりたいと願っていた姿で現れるのだろうか。

私は死んだら木になりたいな。私がつぶやいた。どうしてですか？　じっとしているのが好きだから。ひょっとしたら私はもう木になっているのかもしれない。見た目は人間だけど。

こんな想像もする。私の訳した本が一冊ごとに小さな木になって、童話の木の下では子供が泥んこ遊びをして、小説の木の下ではおとながひとときの休息を取っている。だがこの和歌を見ると、人間が死んだらほんとうは〈言《こと》の葉《は》〉になるのではないかという気がする。人間が一本の木なら、そこについている葉っぱが言葉だ。

実際、言葉は消えずに積もってゆく。私たちの口や文章、存在全体を通じて次の世代、そのまた次の世代に。私たちが毎日使う言葉こそは、最も長く地上に残るものだ。

この和歌の「かきあつめつる言の葉」は歌集を意味する。死を目前にした母が、生涯書きためた和歌を一冊の本にして子供に与え、自分の遺品だと思ってくれと言う。本でなくとも、子供は生まれた瞬間に巨大な森を受け継いでいる。母からもらった最も高貴な遺産。子供に遺すことのできる最も意味深い遺品。それは言の葉が鬱蒼《うっそう》と生い茂る森でなくて、何であろう。

韓国の現代詩を日本語に訳した詩人茨木のり子は、「隣国語の森」という詩の中で韓国語の難しさをこう表現している。

森の深さ
行けば行くほど
枝さし交し奥深く
外国語の森は鬱蒼としている

私が日本語を学んだ時も、そんなふうだった。特にその森には漢字が生い茂っていて、一歩踏み出すごとに奇妙な形の、画数の多い漢字が前に立ちはだかる。息が詰まる。漢字の鬼たちとの闘いだ。ここで逃げてしまったら神聖な場所にたどり着けない。だが漢字も一つ一つじっくり見ればかわいく思えて情も湧き、隣国の言葉の森に道ができるものだ。

私、人間は死んだら細かい破片になって散らばるんだと思う。懐かしそうな目で蝶を追いながら、その人が言った。そうして後の日にいろいろなものの一部として世の中に戻ってくるの。私はうなずいた。今日連れてきた菫の花にも、春風に乗ってきた蝶にも、誰かの魂がちょっとずつ宿っているのかもしれない。そう思うと、万物が少しずつ新しく見えてくる。

日本語では木という字を〈こ〉とも読み〈子〉と同音だから「木の下にかき集めたる言の

葉」は、子供のために書きためた言葉という意味にもなる。言葉の森の木の下で、かわいい子供の足下に私たちはどんな葉っぱを集めるのだろう。

그대 그리다 까무룩 잠든 탓에 나타났을까
꿈인 줄 알았다면 깨지 않았을 것을

思ひつつ 寝《ぬ》ればや人の 見えつらむ
夢と知りせば 覚めざらましを

あの人のことを思いながら寝たから夢に出てきたのだろうか。
夢だとわかっていたら覚めないままでいたかったのに。

小野小町『古今和歌集』

君の名は

そんな夢を見ることがある。胸が痛くなるほど好きで、願っていたことが夢に出てきて、夢だと知りながらぎゅっと目をつぶって夢にしがみつく。

昔の人もそんな夢を見た。いっそ夢の中に生きたいと言うぐらいだから、夢で会った人が好きで好きでたまらなかったのだろう。単純で美しいけれど、歌人の気持ちを思えば胸が痛む。夢の歌として有名な、平安前期の歌人小野小町の作品だ。

『君の名は。』というアニメ映画はこの和歌に着想を得ているそうだ。新海誠監督はある日この和歌を見て、夢から夢につながる愛の話を思いついた。会えない人を、時間の川を越えて愛してしまったら？　古の愛の歌がまったく新しい形で現代にお目見えしたというのは、楽しくも神秘的だ。

설핏 든 잠에 사랑하는 사람을 만난 이후로 꿈이라는 것에게 의지하게 되었네

うたた寝に 恋しき人を見てしより夢てふものは頼みそめてき
（うたた寝の夢に恋しい人を見てからは、夢というものを頼りにするようになってしまった）

これも小野小町の和歌だ。『君の名は。』が連想される。〈夢〉は、寝ながら見るという意味の〈寝目《いめ》〉から来ているという。当時の人々は夢を見たら魂が身体から抜け出して会いたい人のところに行くと考えていた。

小野小町が夢の歌を詠んだのも、女官に抜擢され秋田から京都に来て暮らすようになったからではないだろうか（小野小町の出生地や経歴には異説が多く、確かではない）。夢でなりとも身体を抜けて故郷の友人に会いたかったのかもしれない。想像力が豊かなだけに、会いたい人に会いにゆく夢路《ゆめじ》をいっそう切実に欲したのだろう。〈夢路〉という言葉は小野小町が造ったという説があるほどだ。

꿈길에서는 종종걸음을 치며 만났지마는 현실에서 스치듯 만난 것에 비할까

夢路には 足もやすめず 通《かよ》へどもうつつに一目《ひとめ》見しごとはあらず
（夢の中でせっせとあなたに会いに通ったけれど、現実にあなたを一目見たときほど素晴らしくはありません）

いくら夜毎《よごと》夢路に通っても現実に会うほどうれしくはありませんという歌だ。今でもこんなにどきっとさせられるのだから、当時は和歌を見ただけで彼女に恋した人がたくさんいただろう。歌を口ずさんで相手の魂に近づく。小野小町は優れた歌を詠み多くの男性から求愛されたけれど、晩年は一人で故郷に歩いて帰る途中に客死したと伝えられる。

私はなぜか若い頃の彼女より、路上の老婆となった彼女に惹かれる。小野小町の老年を描いた浮世絵に漂う、何とも言えない雰囲気が好きだ。空には細い月が寂しげに浮かび、白髪をゆるく束ねた老婆が歩き疲れて木の切り株に腰かけている。破れた笠を肩にかけ、杖をついており、皺のできた目尻や首や手が過ぎた歳月を感じさせる。遠くを眺めているような老婆の視線の先に何があるのだろう。若い頃に見た、おぼろげな夢路だろうか。月岡芳年《よしとし》の「卒塔婆の月」という作品だ。

最近、私の夢路は街灯が消えてしまったように真っ暗でよく道に迷う。夢で会いたい人たちはなかなか訪れてくれない。まだ現世に生きるだけの価値があるからかもしれないけれど。

백제들판의 마른 싸릿가지에 봄 기다리던
휘파람새 지금쯤 지저귀고 있을까

百済野《くだらの》の 萩の古枝《ふるえ》に 春待つと
居《を》りしうぐひす 鳴きにけむかも

百済野の萩の枯れ枝で春を待っていたウグイスは、
もう鳴き始めただろうか。

山部赤人『万葉集』

ある文明

百済《くだら》？　私たちの知ってる、あの百済《ペクチェ》？　どうして『万葉集』に百済野という名の野原が出てくるんだろう。好奇心にかられて調べてみると奈良の広陵町というところに、今でも百済《くだら》という地名があった。

古代日本には百済から渡来した人々の集落がいくつもあり、彼らはたいてい鉄器、陶磁器、仏教、文字、乗馬術といった新しい文物を伝えながら暮らしていた。六六〇年、百済が新羅《しらぎ》と唐の連合軍に滅ぼされた時、黙って見ていられなくなった倭国は、義《ぎ》慈王《じおう》の王子扶余豊璋《ふよほうしょう》と共に艦隊を率いて参戦し、百済の復興を支援した。だが、結末は知ってのとおりだ。

百済が滅亡した後、多くの百済人が日本に亡命した。まだ中大兄《なかのおおえの》皇子と呼ばれていた頃、自ら白村江《はくすきのえ》（現在の錦江《クムガン》河口付近）に出陣して百済に加勢した天智天皇は百済の遺民を丁重に扱い、遷都した近江大津宮に近い琵琶湖付近の土地に住まわせた。その近くには百済寺《ひゃくさいじ》という寺が、さびれた感じではあるけれど今もあるし、地名も百済寺町だ。

奈良時代の歌人山部赤人《やまべのあかひと》は現代の私たちよりも百済についてずっとよく知っていたはずだ。共に杯を傾けた百済人の友人がいたかもしれない。滅亡して跡形もなくなった百済。彼らの子孫が居を構えた百済野にも春は来るのか。ウグイスはさえずっているけれど、美しい文明はもう過去のものだ。赤人はそんなわびしい気持ちで歌を詠んだのかもしれない。

私は時折、ソウルの松坡区《ソンパグ》にあるオリンピック公園を散歩して百済の痕跡を見る。公園の中には百済人が造った土城の遺跡・夢村土城《モンチョントソン》がある。なだらかな高低のある土城跡を歩いていると、美しいものを愛した百済人の手のぬくもりが伝わってくるようだ。

その丘にぽつんと一本だけ立っている木の下で遺跡発掘工事が大々的に行われているのだが、散歩するたびに発掘現場の規模がだんだん大きくなっているのがわかる。広範囲にわたって多くの遺物が発掘されているらしい。フェンス越しに百済の息吹を感じつつ、サンシュユの花が黄色い霧のように咲いた道を歩く。漢江《ハンガン》の水分を吸い上げているからか、花や木はとてもよく育つ。ホーホケキョ。どこかの木でウグイスがきれいな声でさえずった。百済の丘は今、みずみずしい緑色になって春を待っている。

이번 여행엔 아무런 준비 없이 산길을 건네
비단결 고운 단풍 신께 바치나이다

このたびは 幣《ぬさ》もとりあえず たむけ山
紅葉《もみぢ》の錦《にしき》 神のまにまに

今回は急な旅だったので安全を祈願する幣もありませんが、
神様のお気持ちのまま山の紅葉を受け取ってください。

菅原道真『古今和歌集』

パズルと壁

人生はどのみち、計画どおりには行かない。ある人は、人間は生まれたこと自体がギャンブルだと言った。だから何の準備もなしに旅に出ても構わない。気の向くままでいい。私たちの人生は、一瞬一瞬が旅だ。

「このたび」の〈たび〉は、〈旅〉でもあり〈度〉でもある。毎度の選択が旅ということだろう。私たちは皆、今、この瞬間の旅人だ。

在日三世の作家崔実《チェシル》の小説『ジニのパズル』にも

地球の旅人ジニが登場する。ジニは戦前から日本で暮らしている在日韓国人の家の娘だ。小学校の時に同じクラスの生徒から「朝鮮人。あっち行ってよ」と言われてショックを受けたジニは、東京にある朝鮮学校の中級部（中学校）に進学した。しかし、チマチョゴリの制服を着て登校している時に知らない男たちからセクシャルハラスメントを受けて精神不安定になったジニは、教室の壁にかけてあった金日成《キムイルソン》と金正日《キムジョンイル》の写真を投げ捨てて教師たちに引きずり出される。その後アメリカの高校に通うのだが、そこでも安定は得られない。

昨年（二〇一九）の春、私はソウルの仁寺洞《インサドン》で開かれた〈疎通と平和のプラットホーム〉というフォーラムで崔実に会った。私は『ジニのパズル』韓国語版翻訳者として彼女のインタビュー通訳をしたのだが、終わってから少し話をした。黒い髪をところどころピンクに染めレギンスに編み上げの短いブーツを履いた崔実は、潑剌《はつらつ》としていた。私たちはすぐに仲良くなった。彼女は、小説の半分ぐらいは自分のことだと言った。

「小説には書いてないけど、高校の時、韓国で暮らしてみようと思って一人でソウルに来たことがあるの。ここならアイデンティティーに悩んだりせずに、ゆったりと暮らせるんじゃないかと思って。半年ぐらいいたと思う。ある日、屋台でおでんを食べていると、屋台のおばさんが突然、『独島《トクト》（竹島）はわが国の領土だ』と言い出した。私の韓国語が下手だったからかな。私は日本人じゃないと言っても、在日だって同じだと言うの。そんな経験が一度や二度じゃない。ああ、私はここでも自由にはなれないんだと思った」

神様が光と闇で世を創造したとすれば、人間は壁と国境を造って世を駄目にする。崔実は思春期に、自分が選択したのでもないことのせいで聞かなくてもいい言葉を聞き、経験しなくてもいいはずのことを経験した。いったい誰が、彼女を手荒に扱ってもいいと許可したのだ。私たちは、少なくともその人自身の意思で選んだことについてのみ、誰かを非難したり褒めたりすべきだろう。

崔実は今、旅の途中だ。去年は沖縄の小さな靴屋で靴作りを習っていたというし、今年の年賀状にはタイで象に抱きついている写真が入っていた。あなたが言っていたとおりタイはほんとうに美しいところだった。犬ものびのび遊んでいるし、人も優しい。またいい旅行先を教えてちょうだい、というメッセージと共に。前に会った時、タイの風景が美しいと何げなく話したのだが、ほんとうに行ったんだと思うと笑いがこみ上げてきた。三十歳を過ぎた崔実は、今も自分が落ち着いて暮らせる国を探している。

私は崔実に、次の行き先として済州《チェジュ》島《ド》を推薦した。行ったことがないなら必ず行ってごらん、最近は島のあちこちに小さな書店ができているし、きっと気に入ると思う、と。

玄《ヒョン》基栄《ギヨン》の小説『順伊《スニ》おばさん』や、オ・ミョル監督の映画『チスル』（済州方言でジャガイモの意）も日本語で見られるなら、ぜひ見て欲しい。どちらも四・三事件（一九四八年四月三日に済州島で軍隊が民間人を虐殺した事件）を描いた傑作だ。彼女は絶対、好きになってくれる。崔実が今度の旅を終えて再び執筆する時には、いっそう美しい小説を書くだろう。

헤어진대도 이나바산 푸르른 소나무처럼
기다린다 하시면 내 곧 돌아오겠소

立ち別れ いなばの山の 峰におふる
松とし聞かば いま帰り来む

ここで別れて因幡《いなば》に行くけれど、稲羽山《いなば》の峰に立つ松のように
私の帰りを待つと聞いたら、すぐ戻ります。

在原行平『古今和歌集』

猫を捜しています

いつからかこの和歌は、飼い猫がいなくなった人がおまじないとして使うようになった。内田百閒《ひゃっけん》が猫を捜し歩いた時のことを書いたエッセイ「ノラや」には、こんな場面が出てくる。飼っていた〈ノラ〉という名前の猫が行方不明になって百閒は近所を捜し回るが、見つからないので床屋にビラを貼り、新聞広告を出し、ラジオにまで出演してノラを捜してくれと必死で頼む。

百閒は自分で作った迷い猫捜しのビラで猫の外見

を説明し、見つけてくれた人には謝礼金三千円を進呈すると書いた。さらに猫捜しのおまじないとして紙の四辺をぐるりと囲むように「たちわかれ いなばの山の みねにおふる まつとしきかば いまかへり来む」と赤い字で書き、三千枚印刷して配布した。（ビラは三種類あり、計二万枚と言われる）

頭髪の薄いおじさんが泣きべそをかいて「ノラや、ノラや」と捜し回る姿を想像するとおかしいけれど、当人には「松とし聞かばいま帰り来む」という平安時代の和歌が頼もしく思えたのだろう。この和歌はいつしかおまじないとして定着し、今でも猫がいなくなると、猫の使っていた餌の器の下にこの和歌を書く人がいるそうだ。

この和歌は在原行平《ありわらのゆきひら》が因幡に国司として赴任する際、送別の宴を開いてくれた友人たちに贈る歌として詠まれた。稲羽山は鳥取県の海沿いにある山で、都であった京都からは何日もかかるほど遠かった。それほど遥かな海岸の絶壁でも、松の木は一年中青いだろう。ここに集った我々の友情も変わりはしない。私がいなくなっても悲しんではいけない。みんなが待っていてくれたら、いつでも帰ってくるよ。そんな意味が込められている。

この和歌は親しい友と別れる時や、かわいがっていた猫を捜す時など、さまざまな状況で多くの人に愛されてきた。何かを切実に待つ人が、言葉が奇跡を起こしてくれることを願って口ずさんだのだろう。切実な願いがあるなら、おまじないのように言語化するのも一つの方法だ。そうして詩となり祈りとなった願いを声に出し、紙に書き、歌のように口ずさんでいれば、私たちはその中に生きるようになる。猫が帰ってこなくても、私たちはすでに猫と共にいるのだ。

〈松〉は〈待つ〉に通じる。だから誰かを切実に待つという和歌には多くの場合、松の木が登場する。私はこれまで、松といえば潮風を防ぐ強靱な木という印象を持っていたけれど、今では一年中青い色でずっと待っているイメージまで加わって、いっそう頼りがいのある木に思えてくる。待つ人がいれば、近所の松の木の下でそっとつぶやいてみよう。あなたを待っていると。私たちはずっと一緒にいるのだと。

달 보노라니 수천 가지 상념에 쓸쓸해지네
이 내 몸 하나만의 가을은 아닐진대

月見れば ちぢに物こそ 悲しけれ
わが身ひとつの 秋にはあらねど

月を見ればあれこれ連想して心が乱れ悲しくなる。
秋は私だけに訪れるのではないけれど。

大江千里『古今和歌集』

月のため息

春なのに、秋よりも冷たい日だった。地には悲鳴が、空には混沌が渦巻いていた。二〇一一年三月十一日。東日本大震災が起きた日の朝、私は高田馬場駅近くの早稲田松竹で『亀も空を飛ぶ』という映画を見ていた。午前中までは災いの前兆もなく、空は澄んで爽やかな風が吹いていた。

映画は、イラクでサダム・フセインが捕まる直前にトルコ国境近くの村で暮らすクルド人の子供たちの姿を描いていた。アメリカが侵攻するというわさが立って飛行機の音が聞こえ、あたふたと禿げ山に逃げる子供たちの後ろ姿に死の恐怖が感じられた。数時間後、私はスクリーンの外で、その子供たちが感じたであろう恐怖をそっくりそのまま体験することになった。

太陽が頭上を過ぎる頃、突然、地面が揺れた。アスファルトの道路が波打ち、電柱がぐらぐらした。私は思わず道端にしゃがみこんだ。どこからかウィーンウィーンという音が響いた。目の前の十階建てのビルがエアー看板のように左右に揺れる音だった。

ああ、あの赤レンガが落ちてきたら、私は死ぬな。逃げる場所はなかった。都会のビルの林は、まるで地雷原だった。一歩踏み出せば前につんのめりそうで立ち上がれず、歩くことすらできない。自然はもはや穏やかな風景ではなく、能動的に全身で語りかけてくる巨大な生命体と化していた。その十分間が、今も私の内部に振動として残っている。

私は矢のように飛び去る死の影を一瞬見ただけで、無事に家に戻った。床に散乱していた本や食器を隅っこに押しやり、地震で止まったガス栓を開いて辛《シン》ラーメンを作った。助かったと思ったとたんにお腹がすいた。モヤシを入れて煮たラーメンを食べようとした時、私をよけて通った死が東北地方に飛んでいったことを知った。テレビに映し出された巨大な津波。それはすっと立ち上がり、人々の足首をつかんで深い海の底に連れ去ろうとしていた。その日、二万人以上が死亡または行方不明になった。

夜が更けてもなかなか寝つけなかった。余震が続いていたせいでもあるけれど、数千、数万人の悲鳴が聞こえる気がした。コートまで着て、いざとなったら窓から飛び降りるつもりで枕元に靴を並べて布団に入った。眠れるわけがない。一睡もせずに夜を明かした。

その夜、月は数千数万の悲しみと哀悼でぐるぐる巻きにされていた。あの恐怖は現在進行形で、あの時爆発した福島第一原子力発電所は今でも人類の災いだ。昨日は放射能汚染水を太平洋に流すという記事を見た。ふう。頭がくらくらした。愚鈍な人間たちはいったいどこまで地球を破壊するのか。このすべてを情けない思いで見守る月のため息が聞こえてきそうだ。全世界の原子力発電所は少しずつ、完全に閉鎖されなければならない。

この和歌は平安時代の漢学者大江千里《おおえのちさと》が詠んだもので、唐の詩人白居易の「燕子楼」を下敷きにしている。「燕子楼」は、可愛がってくれた張氏が死んだ後、燕子楼に一人で暮らした妓女眄々《べんべん》の思いを表した詩だ。

燕子楼中霜月夜　　燕子楼の中《うち》の霜月《そうげつ》の夜《よ》
秋来只為一人長　　秋来たりてただ一人《いちじん》の為に長し

月も星も、一人の人間の死に無感覚になった人類に愛想をつかして永遠に遠ざかってしまうのではないだろうか。

뜰의 표면에 달빛도 새어들지 못할 정도로
가지 끝은 여름이 온통 무성하구나

庭の面《おも》は 月漏《も》らぬまで なりにけり
梢《こずゑ》に夏の 陰《かげ》茂りつつ

庭にはもう月の光が漏れてこない。
夏になって木の梢に葉が茂り、影を落としているから。

白河院『新古今和歌集』

スプーン一杯分の季節

月夜を歩く。真夏。以前は月の光が庭に溢れていたのに、今では届かなくなってしまった。木の枝に茂った葉っぱのせいだ。真夏に梢に葉っぱが茂って月光を遮っているようすを「梢に夏の陰茂りつつ」と表現したものだ。木の葉の影に覆われた夏の夜。季節の移り変わりが目に見える。

私の好きな日本語の一つに〈木漏れ日〉がある。鬱蒼とした森に日の光が溢れるようすが目に浮かぶ。〈葉漏れ日〉ともいう。木や葉っぱの間から溢れ出す日差し。単語一つに一幅の絵のような美しさがあり、爽快な空気まで伝わる。

この和歌では太陽ではなく月が出ているから、昼間ではない。夜、木の葉の間から月光が漏れてくる。美しく朧《おぼろ》げな夜の風景。日の代わりに月を入れて〈木漏れ月〉とつぶやいてみる。そんな言葉が存在しないのは、月の光が漏れる真夜中の森に入るのが恐ろしいからかもしれない。真昼の暑さが去って涼しい夜風の吹く森の中を歩くのも、人生にスプーン一杯分の神秘を加えてくれるような気がするのだが。

ああ、今年の夏も梢に茂った木の葉から漏れる月光を踏み、静かにどこまでも歩いていきたい。それだけでも生きる理由として充分だ。

새벽달 아래 차갑기 그지없던 헤어짐 이래
동틀 녘 무렵만큼 우울한 것은 없네

有明けの つれなく見えし 別れより
暁《あかつき》ばかり 憂《う》きものはなし

明け方の空に残った月が薄情に見えたあの朝、
帰れと言われて以来、明け方ほど憂鬱な時間はない。

壬生忠岑『古今和歌集』

ラブレター

夜が明けようとするだけで、有明の月がちらりと見えただけで苦しくて胸が痛くなってきます。あなたの側を離れなければならない冷たい夜明けは、私にとってただただ憂鬱な時間です……。ああ、私も一度そんな手紙をもらってみたい。思わず嘆声が出る。この人はラブレターの名人なのだろう。その名は壬生忠岑《みぶのただみね》。恋の和歌で有名な人だ。

当時の恋人は一夜を過ごした後、恋の和歌を詠み交わした。二人の愛が深ければ深いほど、早く手紙を出したいと思ったはずだ。彼は帰宅途中、我慢できずに有明の月の下で筆を執ったのだろうか。一晩中熱い愛を交わしたから、吹きつける夜明けの風はいっそう冷たく感じられたはずだ。

百人一首を編んだと言われる藤原定家も、これほどの和歌を詠んだら一生の思い出になるだろうと激賞した。忠岑の恋の歌をもう一篇鑑賞してみよう。

가스가 들판 녹는 눈 헤치고 솟아오르는 새순 끄트머리에 보이는 그대여

春日野《かすがの》の 雪間《ゆきま》をわけて おひいでくる 草のはつかに見えし君はも

(春日野の雪の間からようやく顔を出し始めた若菜をちらりと見るように、あなたの姿をちらりと見ました)

遠くからやってくる愛らしい小さな姿が目に浮かぶ。愛しているという言葉も、会いたいという言葉もないけれど、解けかけた雪をかき分けてやってくる人のイメージだけで愛情が伝わる。夏目漱石が、アイ・ラブ・ユーを「月がきれいですね」と翻訳したという伝説も、これに似ている。漱石が英文科教授だった時、学生たちにこの文章を訳してみろと言うと、

「私はあなたを愛しています」とか「あなたのことが好きです」とかいう訳しか出てこないので、こんなことを言ったという。

「日本人はそんな直接的な言葉を使いません。むしろ、月が美しいですね、とでも言うほうがましでしょう」。イギリス留学時代の漱石が記した膨大な量のノートの中に、「アイ・ラブ・ユーは日本語にはない言葉だ」という意味の文章が発見されたというから、まったく信憑性のない話ではない。

愛を遠回しに表現するのは、今の日本の友人たちも同様だ。いつか、佐原という友達が、私が彼氏とカカオトーク（無料通話・メッセンジャーアプリケーション）でメッセージをやり取りするのを見て言った。「やたらハートマークを使うね」。私が「そう？ 愛しているという言葉の代わりなんだけど」と言うと、彼女が答えた。「私はこれまで生きてきて、愛しているなんて言葉は三回聞いたか聞かないかぐらいだな」「それなら、愛している時、何と言ってそれを伝えるの？」「うん、いいお天気だからバイクに乗ってツーリングしようとか、一緒に食べるとカレーが一段とおいしいとか」。

ともあれ、忠岑ほどラブレターが上手な人はめったにいない。今日から愛の感受性を鍛えてみようか。愛の言葉をささやくにも技術的なトレーニングが必要だ。もうちょっと雅《みやび》な恋愛をするつもりなら。

봄바람 불면 꽃향기 전해다오 나의 매화여
주인이 없다 해도 봄을 잊지 말기를

東風《こち》ふかば にほひおこせよ 梅花《むめの》
あるじなしとて 春を忘るな

春の東風が吹いたら、梅の花よ、香りを送っておくれ。
主人がいなくても春を忘れてはいけないよ。

菅原道真『拾遺和歌集』

トックリと梅の花

冷たい風が吹くと熱燗《あつかん》が恋しくなる。親しい人たちと中林洞《チュンニムドン》の日本式居酒屋に行った時のことだ。酒の味のわかる一人が、日本酒を熱燗にしてくれと頼んだ。

トックリは口が細いから酒を注ぐ時に音がするが、そのトクトクという音がトックリの語源になったという説がある。トックリで酒を頼めば、トクトクという音もついてくる気がする。その晩、トックリと一緒に出された真っ白な杯の内側に、うっすらと和歌が書かれていた。

「東風、梅、花、春。漢字はわかるけど、どういう意味ですか？」

ある人が、透き通った酒の入った杯を突き出して私にそう尋ねた。こんな時は冷や汗が流れる。日本文学を専攻した身としては、杯の和歌ぐらい説明できなければと思って覗きこんでみると、幸い私の知っている有名な歌だった。ふう。ちょっと知識をひけらかしてみるか。

「これは千年以上前の和歌で、ある学者が政争に巻き込まれて京都から九州の大宰府に左遷された時、大切にしていた庭の梅の木に呼びかけたものだと言われています。春風が吹いたら花の香りを届けておくれ、私の梅よ。お前を残して行くのはつらいけれど、主人がいないからといって春を忘れるなよ。殺伐とした派閥争いに巻き込まれて命だけは助かったという状況だから、梅の木まで船に積んでいくことはできなかったんでしょう。誰かを怨むというより、ただ愛する梅の花に、自分がいなくても悲しまずに春になったらあの美しい花を咲かせておくれと言っているのです。日本人はそんな諦念の美学を愛しているみたいです。だから杯にまでこの和歌を書いて、梅の花の香りがするような気分を酒の肴にするんでしょうね」

「わあ！」

その時、私たちの鼻をくすぐっていたのは長崎ちゃんぽんの匂いだったけれど、こんな和歌を見ると、遠くからほのかに梅の花の香りが漂ってくる気がした。ほっとして上機嫌で杯を傾けていた私に、その人がさらに質問を投げてきた。

「ところで、〈東風〉は〈とうふう〉と読むんですか？　それとも〈ひがしかぜ〉？」

　ううむ、難易度が高い。

「たぶん、〈ひがしかぜ〉でしょうね（待てよ、〈馬耳東風〉では〈とうふう〉だよな……）」

　昔から、東の風と言えば春風だ。唐の詩人李白が、世の人々は詩を聞いても理解しない、まるで春風が馬の耳をかすめているみたいだと言ったことから、馬耳東風という四字熟語ができた。

　翌朝、私はすっきりしない気分で目を覚ました。頭の中に春風が吹き荒れている。あの〈東風〉は、いったい何と読むのだろう。寝ぼけたままスマホで和歌の原文を検索して驚いた。〈こち〉と読むのか！　〈こ〉は〈小《こ》〉から、〈ち〉は〈散る〉から来たという説もある。そよ吹く春風に花の舞い散るイメージが瞬時に浮かぶ。学びとは、実に際限がない。

　少し前に良才洞《ヤンジェドン》の中華料理屋で、またこの和歌を見た。おいしいチャジャンミョン（韓国式ジャージャー麺）を食べた時だ。ところどころ黒い味噌が残った白いどんぶりの内側に、見慣れた和歌が書かれていた。「東風ふかば……」。チャジャンミョンを食べてこの和歌を口ずさむことになるとは。意外にも、日常の至るところに和歌が潜んでいる。

菅原道真は日本中で尊敬されている学問の神だ。大学入試合格などを祈願するのもこの天神様に祈る。チャジャンミョン、トックリ、梅の花、春風、学問の神。まったく関係なさそうなものが偶然つながったりするのが人の世かと思うと、ちょっとおかしくなった。

드넓은 바다 무수한 섬 헤치며 노 저어 갔다고
내 소식 전해주오 어부의 낚싯배여

わたの原 八十島《やそしま》かけて 漕《こ》ぎいでぬと
人には告げよ 海人《あま》の釣舟《つりふね》

広大な海に散らばる島々を目当てにして大海に漕ぎだしていったと
都にいる人たちに告げておくれ、漁師の釣舟よ。

小野篁『古今和歌集』

航海

漁師ではなく漁師の舟に頼むのは擬人法だ。日本人は暮らしの中で動物や事物を人間のように言うことが多いが、この和歌からすると、万物に魂が宿るという考えは古くからあるのだなと思う。日本ではたとえば、「朝からカラスさんがうるさく鳴いているな」とか、「本屋さんに寄っていくよ」「駅前に新しく花屋さんができたね」といった言い方をする。

この和歌は、小野篁《おののたかむら》が島流しになる時に詠んだ歌だ。広い海に点在する小さな島々の間を縫うように大小の舟が航行している。その時、舟に乗っていた男の目に、陸に戻る一隻の釣り舟が映ったのだろう。その舟に向かって、残してきた家族や友人たちに言えなかった言葉を伝えてくれという。釣り舟は葉書でも郵便配達人でもないけれど、その気持ちは想像できる。

男は、唐から新しい文物を持ち帰る遣唐使だった小野篁だ。彼は遠い旅に出る途中、自分の乗った船が難破して帰国するという不幸を二度も味わった。その後、再び唐に行けという命を受けたのに従わなかった。それが流罪の理由だ。遠い海で命を落とすことを恐れたのだろうか。私たちにはわからない事情があったのだろう。

私は数年前、釜山《プサン》から大阪に行くフェリーに乗った。真っ黒な海を走って日本列島の最初の関門である下関港に入った時には船が大きく揺れた。船内放送が、大きな海から瀬戸内海に入る時に潮の流れが変わるせいだと説明してくれた。

下関の海岸近くの集落を見たくて甲板に出た。すでに日は沈み、辺りいちめん真っ暗だったけれど、港町にはところどころ街灯が優しく輝いていた。午後三時頃釜山を出たフェリーが下関に着いたのは夜中の十二時を過ぎだったから、人の姿はなかった。

瀬戸内海を十時間かけてゆっくり大阪港に向かった。巨大なフェリーには浴場があった。夜明けに入ったお風呂のお湯は意外に熱かったが、我慢して首まで浸かると、自分と海が一つになった気がした。分厚い窓ガラスの外に、自分の乗っているフェリーと同じぐらい巨大な船が遠くに浮かんでいるのが見えた。

あなたも昨夜無事に航海を終えたんだね。どの国の船かは知らないけれど、同じ日に同じ海に浮かんでいるのがうれしくて、湯気で曇った窓ガラスに指を当て、遠くに浮かぶその船の輪郭をなぞってみた。あの船も、たくさんの人と、たくさんの物語を載せているのだろう。私の描いたシルエットは、ずっと私と一緒に走っていた。

반가운 해후 너인가 하였는데 알기도 전에
구름에 가렸구나 한밤중의 달이여

めぐり逢《あ》ひて 見しやそれとも 分《わ》かぬ間《ま》に
雲隠れにし 夜半《よは》の月影

再会して昔見た面影なのかどうかわからないうちに、
あの人は月が雲に隠れるみたいに帰ってしまった。

紫式部『新古今和歌集』

再会

懐かしい人にやっと会えたのに、別れの時間がこんなに早く来るだなんて。あれはほんとうにあなただったの。輝いたかと思えば雲に隠れる月のように、あなたはすぐに私の視界から消えてしまった。ちょっと見には悲恋の歌のようだが、実はここに歌われているのは友情だ。世界的に名高いラブストーリー『源氏物語』の著者紫式部の作品である。

私は『源氏物語』が好きで、退屈した時には図書館に行き、特にどの巻ということもなく適当に手に取って広げたりするのだが、どこを読んでも面白い。涙もろい光源氏が繰り広げる恋愛話を読んで泣いたり笑ったりしているうちに、いつしか心がしっとり潤う。

宮廷の女官であった紫式部は早くに夫を失い、一人で幼い娘を育てなければならなかった。そんな人生の虚しさや無常に耐えるために書き綴ったのが『源氏物語』だ。彼女にとって物語は憂鬱な現実から逃れる避難所だった。現実とは真逆に、物語に描かれた世界はとてもロマンチックで美しい。孤独を愛する彼女にとって、想像の中の恋物語は内なる愁いに耐えるための処方箋だったのだ。

しかしその物語が思いがけず人気を博して宮中の必読書になると、彼女は恥ずかしくなり、自分が軽い女だとうわさされているのではないかと心配になった。『紫式部日記』に、そんな記述がある。

とにかく中宮《ちゅうぐう》彰子に仕え、優れた筆力で名声を得た紫式部にも幼なじみがいた。子供の頃は無二の親友だったのに長い歳月を経るにつれ、二人の生活は大きく違ってしまった。最も大きな違いは一人は有名で、もう一人は無名だということ。

当時の女性は世の中に顔や名前が知られることを恐れていた。顔や名前がわかれば誰でもその人の魂に近づけると信じていたからだ。それは彼女たちにとって非常に恥ずかしいことだった。

名前を神聖なものとする文化は現在でも残っている。日本ではよほど親しい関係でない限り、たいてい姓で呼び合うので、下の名前だけで呼ぶのは、親密になったことを意味する。日本のテレビドラマを見ていると、つきあい始めた恋人が、「これからは下の名前で呼んでもいいかな？」と尋ねる場面がよく出てくる。そうして互いに顔を赤らめて手を握り、キスを……。

今でもそうなのだから、平安時代にはもっと厳格だっただろう。特に女性の名は深海の真珠のように秘められていた。実際、紫式部も本名ではない。式部は女官を呼ぶ時の言葉だし、紫は『源氏物語』の主人公光源氏の妻である紫の上に由来するものだ。本名はわからないとはいえ、紫式部という人物は広く知られており、現在でも日本で最も偉大な作家の一人に数えられている。

一方、彼女の幼なじみは結婚して子供を産み、名前どころか存在自体が家の中に隠されていた。名前も顔も知られていない。貴族階級の女性はそんなふうに暮らしていた。

世に知られた人と世に埋もれた人が会ったのだから、互いに気まずかったであろうことは想像に難《かた》くない。いくら子供時代の思い出を共有しているとはいえ、互いの顔を見つめることすらできなかっただろう。久しぶりの再会もすぐに終わり、友は月と先を争うように帰ってしまった。そんな寂しさが込められている。おとなになって遠ざかってしまった友情、その切なさ。世の中の規律やしきたりなど考えずに互いを思いやり頼りあっていた頃には、もう戻れない。

私にもめぐみという友達がいた。早稲田大学大学院で文学の授業を受けている時に知り合った、二年上の先輩だ。大学院に遅く入学した私より七歳ほど下だと思う。小柄でおとなしかったけれど、眼鏡の奥の瞳はただならぬカリスマ性を漂わせていた。私が冗談交じりで「めぐみ先輩」と呼ぶと、その子は頼もしい先輩になったみたいに「やあ、シュンちゃん」と答え、毎日一緒に過ごした。どういうわけか、その子だけは最初から私のことをそんなふうに呼んだ。他の友達は卒業するまで「チョンさん」と呼んでいたのに。それで私はめぐみがいっそう好きだった。

めぐみは石川啄木、私は江戸川乱歩の探偵小説を研究していたから、東京のあちこちを近代文学オタクよろしく一緒に回ったり、古本屋に行くという口実で出かけては、夕方お酒を飲んだりした。将来の職業や人生の方向など、見当がつかなかった。それでも私たちはその時でなければできないことをやろうと思っていたし、二人一緒に行動すると楽しさが倍になった。文庫本がいっぱい積まれていためぐみの部屋の光景が、今も目に浮かぶ。シュンちゃん、これ読んだ？　ミステリーを研究するなら、澁澤龍彦を読んでおくべきね。めぐみはそんなことを言いながら、山積みの蔵書の中から一生懸命本を探して貸してくれた。そんな頼もしい先輩が、私をこの道に導いてくれたのかもしれないとも思う。

それから十年ほど過ぎた頃だっただろうか。雨の降る春の日、私は久しぶりにめぐみを訪ねた。めぐみは結婚して、富士山がとんがりコーンみたいに小さく見えるこぢんまりしたマンションに住んでいた。好奇心が旺盛で活発な三歳の息子優人《ゆうと》と遊んで一日過ごした。昔とは違って共通の話題が少ないのは少し悲しかったけれど。優人はめぐみ先輩みたいに、最初から私をシュンちゃんと呼んでくれた。

別れる時、駅まで送ってくれためぐみと優人に手を振って背を向けると、なぜか涙が溢れた。今度はいつ会えるのだろう。うれしい再会は、昔も今も雲に隠れてしまう月のように切ない。

아리마산의 조릿대 들판에 바람이 불면
그래요 산들산들 어찌 그댈 잊을까

有馬山 猪名《ゐな》の笹原 風吹けば
いでそよ人を 忘れやはする

有馬山近くの猪名にある笹原で風が吹けば笹の葉がそよそよと
音を立てる。そうですよ、あなたのことを忘れたりはしません。

大弐三位『後拾遺和歌集』

そよそよ

忘れがたい風は、ある夏の日、鎌倉の海に吹いた。ウクライナから来たコーフィルドと中国から来たホンホン、そして私は夏休みに鎌倉に住む高橋敏夫先生（早稲田大学教授、文芸評論家）の家を訪ねることにした。高橋先生は沖縄、アイヌ、在日韓国・朝鮮人などの文学や歴史小説、戦争文学を始め演劇、マンガ、映画などジャンルを問わず日本文化全般を研究している。そのためか特に留学生に愛情を持っていて、いつも私たちにこう言っていた。

「君たちには既存の殻を破るだけの力がある。自分の国を出てここにいること自体がその証拠だ。すべての文学は自分の殻をどう破るかについての話だ。君たちはすでにその第一歩を踏み出しているんだよ」

日本文学を勉強する外国人は、当然のことながら日本人より言語や基礎知識の面で不足している。そのせいで、仲間外れになったり萎縮したりしがちだ。高橋先生は私たちのそんな臆病さを吹き飛ばしてくれた。そのうえ、積極的に読書をしようと言って読書会を作り、毎月話題の本を読んで議論した。私たち三人はそんな先生を慕い、尊敬していた。文学は国境や年齢を越えて共に熱中できる場だった。

鎌倉駅に出迎えてくれた先生に、私たちはそれぞれ手土産を差し出した。私は谷中名物塩せんべい、ホンホンは自分の住んでいる横浜のまんじゅう、コーフィルドは近所の果物屋で買ったブドウひと房。先生はひと房のブドウを、最も面白がった。

日暮れ頃になると山から海に吹き下ろす風で涼しくなった。鎌倉の海は山に囲まれているから暑い夏の日でも風が吹く。美しい自然と、景観を損なわない建築物が調和した町だ。かつては川端康成など多くの文学者がここに居を構えていた。

先生は私たちを行きつけの焼き鳥屋に連れていってくれた。今日はよく来てくれたね、と言い、井上ひさしはいつもあの隅っこで文庫本を読みながら焼き鳥を食べていると教えてくれた。有名な「むずかしいことをやさしく、やさしいことをふかく、ふかいことをおもしろく……」という言葉が聞こえるような気がした。しかし惜しいことに、井上氏はその翌年世を去った。私が韓国に戻って戯曲『父と暮せば』を翻訳して出版したのも、井上作品を愛した高橋先生の影響があったからだ。

昨日、釜山のある劇団から連絡が来た。「翻訳なさった『父と暮せば』を拝読しました。このお芝居を釜山で公演したいのです。広島の原爆を背景にしたこの作品は、拭い去れない痛みを韓国の国民に与えたセウォル号事件に通じるものがあるように思います」

この電話を受けて、あの日の焼き鳥屋の風景が妙に思い出された。本を作るという行為は、たとい世間に大きな関心を呼び起こすことができないとしても、波紋をさまざまに広げる重要な仕事だと改めて思った。

その日、焼き鳥と生ビールでお腹いっぱいになった私たちは、鎌倉に都ができた頃から中心的な役割を果たしてきた鶴岡八幡宮を訪れた。辺りは真っ暗だった。高い階段を上がって海の方を眺めると、夜空の下に光るものがあった。イカ釣り漁船らしい。私たちはそれぞれ自分の引いたおみくじを持って、山の風に木の葉が揺れる音を聞きながら、しばらく遠い夜の海を見ていた。横にいる高橋先生は長身でがっしりしていて、まるで月光を浴びた学問の神のように見えた。

「三人で協力して勉強すれば修士論文は問題なくパスするだろう。問題は、生涯たゆまず勉強し続けられるかどうかだ。あわてず着実に進むことだね」

この和歌の〈そよ〉は掛け詞《ことば》で、〈そうです〉という意味でもあり、風の形容でもある。

そうです、そよそよ、そうです、そよそよ、こつこつ努力致します。

봄날 들판에 제비꽃 따러 와서 둘러보다가
들판이 맘에 들어 하룻밤 묵어가네

春の野に すみれ摘みにと 来《こ》し我そ
野《の》をなつかしみ 一夜《ひとよ》寝にける

春の野に菫を摘みにやって来た私だけれど、
春の野が懐かしくて一晩ここで過ごすことにした。

山部赤人『万葉集』

紫色

菫の花が咲く季節に道を歩いていて、コンクリートの壁とアスファルトの道路の間にやっと咲いた一輪の菫を見ると、立ち止まってしまう。拍手でもしてやりたいところだが、ただじっと見つめる。そうしているとおかしくもあり、泣きたくもなる。薄く気品のある紫色のせいだろうか。ともあれ、私は菫を愛する人は嫌いになれない。文豪夏目漱石は『吾輩は猫である』を執筆していた頃、こんな俳句を作っている。

제비꽃처럼 조그만 사람으로 태어나고파

菫程《ほど》な 小さき人に 生《うま》れたし

漱石は百年以上前に、人間の愚かさを嗤《わら》う猫のキャラクターを誕生させた。当時の彼は人の世に幻滅していた。学のある人間も自分の成功と出世のために必死だ。人間よ、おかしいぞ。皮肉なことに、漱石はこの小説で有名作家になった。菫の花のように小さい存在でいたかったのに、猫の口を借りて大きくなってしまった。

〈すみれ〉という名は花の形が、大工が材木に印をつけるための墨汁を入れる〈墨入れ〉（墨壺）に似ていることから来たのだそうだ。この和歌は八世紀のものなので、千数百年以上前からある言葉だ。だが、現代の大工道具がそんな時代からあったはずがないと疑う人もいるし、早春の野で若菜を摘む風習から来ているという説もある。〈摘み草〉と言っていたのが、〈摘み〉が〈すみ〉に変化したというのだ。昔は菫の花も春の野草として食べたらしい。だが私は心ひそかに、〈すみれ〉は優しく〈스미는《スミヌン》〉（沁《し》みとおる）花だと思っている。

韓国語では菫を〈제비꽃《チェビコッ》〉（ツバメの花）と呼ぶ。ツバメが現れる頃に咲く花、ツバメが

くわえてくる花だからそう呼ばれるのだそうだ。最近、ソウルはツバメもやってこないほど索漠としているから、そのうち菫も咲かなくなるのではないかと今から心配だ。来世では菫に生まれ変わろうか。でも、想像しただけでつらいな。アスファルトの道路に咲く菫は……。

ある春の日、公園で菫に似た小さな紫色の星の群れを見かけたので、スマホで写真検索してみると、仰天するような名前が出てきた。〈개불알풀《ケブラルプル》〉（犬の睾丸草）（日本名イヌフグリもほぼ同じ意味）である確率七十パーセント、〈큰《クン》개불알풀〉（大きな犬の睾丸草）（日本名オオイヌフグリ）である確率三十パーセント。何とまあ。実が犬の睾丸に似ているためについた名前だという。実の写真をみると、確かに似てはいる。それにしたって、こんなに愛らしい花でそんなものを思い浮かべたくはない！

悲しくて、新しい名前を公募しようとツイッターで提案したところ、友達がすぐに知らせてくれた。「もう別の名前がついているそうですよ」。〈봄까치꽃《ポムカチコッ》〉（春のカササギ草）。よかった！　ツバメの花の友にふさわしい名だ。菫のように、春の野につつましく沁みとおる気持ちで暮らしたい。ごめん、ちょっと感傷的になりすぎたね。

쓰쿠바산의 정상에 흐르는 물 강을 이루듯
내 사랑도 쌓이어 깊은 못이 되었네

筑波嶺《つくばね》の 峰より落つる みなの河
恋ぞ積もりて 淵となりける

筑波の山から流れる男女川《みなの》が次第に水量を増して深い淵となるように、私の恋心もだんだん募って今では淵のようになってしまいました。

陽成院『後撰和歌集』

おとなの山

秋葉原駅からつくばエクスプレスに乗れば筑波山に行ける。つくば駅までは約一時間だ。いつか知人と登りに行ったことがあるのだが、不思議なぐらい山についての記憶がなく、つくばエクスプレスで広い平野をずっと走りながら眺めた穏やかな風景ばかり思い浮かぶ。おそらく、私とは相性の良くない山だったのだろう。

だが今回、和歌を調べていて、驚くべき物語を知った。筑波山は古代から男女の愛が交わされるところだったというのだ。山の頂上は男体山と女体山という二つの峰に分かれており、ここから流れ出る水が一つになって男女川になる。男の山と女の山が一つの川をつくるとは、ひどくストレートな表現だ。流れる水は一つになって自然の中に巨大な愛を出現させる。

古代にはこの山で男女が出会って踊り、性交する祭りがあった。春と秋に若い男女がおおぜい集まって神に供え物を捧げ、求愛の歌を歌って気に入った人と熱い夜を送る。〈歌垣《うたがき》〉と呼ばれるこの風習によって筑波山は昔から熱い愛の象徴とされていた。

この和歌は一人の男が後に妻になる女に送った情熱的なラブレターだ。当時、都の人々にとって、筑波山は一生に一度行けるかどうかという遠いところだった。それでも激しい愛を交わすところだといううわさは聞いていたから和歌に詠んで恋人に熱い情を伝えた。

そんなに官能的な山だったとは。私は筑波山に登ったわりに山についての記憶が薄い。ひょっとすると私の状態が激しい愛からあまりにも隔たっていたせいかもしれない。もう一度登ったら、多少は違う感じがするだろうか。

山で男女がカップルになるなんて、現代の感覚では、まあ、はしたない！　というところだろうが、遠い昔には自然なことだった。韓国語の〈어른《オルン》〉（おとな）という言葉も性行為を意味する〈얼우다《オルダ》〉から来ている。いわば、おとなとは、性交する人なのだ。私はあの時、まだ子供だったのだろう。

까치가 놓은 다리 위 내린 서리 새하얗구나
넋 놓고 바라보다 밤이 깊어버렸네

鵲《かささぎ》の 渡せる橋に 置く霜の
白きを見れば 夜《よ》ぞ更けにける

七夕の日にカササギが連なって天の川に架けた橋に霜が
白く輝いているのだから、もうずいぶん夜が更けたのだな。

大伴家持『新古今和歌集』

虎にまたがって

ねえ、わかりますか？ 会いたい人がそこにいるのに、今すぐ走っていって抱きつきたいのに、離れたところでただ恋しがっているだけ。その気持ちがわかりますか？ 写真でもあればいいんだけど。そしたら会いたくなった時に顔が見られるのに。来る時、捕まりそうで、写真も持ってこられなかった。

新林洞《シルリムドン》の飲み屋だっただろうか。私たちは冷めたポンデギ（カイコのサナギを蒸して味付けしたおつまみ）を前に、そんな話をしていた。その子が焼酎の透明な杯にぽとぽと涙を落とすのを見て、一緒に泣いた。ある修道院で出会ったその子は、北朝鮮の咸鏡北道《ハムギョンブクト》で育ち、十二、三歳で家出したという。豆満江《トゥマンガン》を渡って中国に行ったものの中国の公安に捕まって北朝鮮に送り返された後、北朝鮮の監獄から命がけで脱出して韓国に定着した。私は彼女に会って以来、今まで知らなかったことをたくさん知った。

その子にも、一緒にアンズをもいで食べたり、童謡「野イバラの花」に合わせてお遊戯をしたりした友達がいた。きれいになりたくてハリネズミの毛で耳にピアスの穴を開けた思い出があった。庭でいろんな野菜を育て、毎晩トンチミ（水キムチ）の汁を飲むのを楽しみにしていた、娘に甘いお父さんがいた。ギターの上手なお母さんと気の弱いお兄さんとワンピースを縫うのが上手な伯母さんがいた。私と同様、大切な人と過ごした美しい幼年時代があった。その子の口から思い出話を聞けば聞くほど南北分断の残酷さを感じた。

その子が家を出た動機には共感できた。私もそういう人間だから。私もどこかに縛られて暮らすのは死ぬほどいやだから。誰かに監視され、命令に従う生活にはぞっとするから。服装はきちんとしていなければならず、スカートが短すぎてはいけないし、旅行も当局の許可を得ないとできず、生まれによって結婚や職業や進路が決められてしまう。愛する家族と離れなければならないとしても、故国から裏切者と呼ばれても、最悪の場合、背中に銃弾が飛んでくるとしても、私は自由を求めて家を出ただろう。

この和歌に登場するカササギの橋は七夕伝説に基づいている。牽牛と織女の悲しい運命のように、会いたい人が近くにいるのに会えない寂しさを歌ったものだ。会いたい人に会わせてくれるカササギは、どこにいるのか。

南北間の橋は、まだ凍りついて渡ることができない。会いたい人に会える時代に暮らしたい。カササギの橋に積もった霜が解ける日、その子は家族や友達に会ってにっこり笑うだろうし、私も話でしか知らない咸鏡北道のアンズやトンチミを味わうことができるはずだ。

私は北に親戚がいないけれど、ぼんやりしているうちに永遠に遠ざかってしまうのではないかと心配になる。少し前に酒の席で偶然会った人が、こんなことを言っていた。

「北朝鮮は、もはや韓国とは全然違う国のような気がします。私にはアフリカのケニアより遠い国のように感じられるんです」

悲しいことに、私たちは急速に遠ざかっている。数千年間同じ言語と神話や物語を共有し、同じ食べ物を食べ、同じ文化を持っていた人たちが、たった数十年でこれほど遠くなってしまうとは。数千年を一挙に断ち切るイデオロギーの刃が恐ろしい。

何カ月か前、瑞草区《ソチョグ》の国立中央図書館で、北朝鮮の面白い小説はないかと探してみた。作家の文体や描写は力強く精巧だが、小説も童話も主体《チュチェ》思想を擁護するための道具でしかなかった。分断以前、北には美しく偉大な詩人や作家がたくさんいたのに。口惜しく、もどかしい。

南北の間にカササギの小さな橋を架けるために、私は何をすればいいのだろう。熊と虎がヨモギやニンニクを食べる檀君《タングン》神話を習い、父を父と呼べない洪吉童《ホンギルトン》の物語を読み、「アリラン　アリラン　アラリヨ／アリラン峠を越えてゆく」という歌の心がわかる北の人たちが自分と別種の人間だなどとは、とても思えない。大きな虎の背にまたがって、済州島の漢拏《ハルラ》山《サン》から白頭山《ペクトゥサン》まで一気に駆け抜けられればいいのに。

나니와 개펄 갈대의 짧디짧은 마디만큼도
당신을 못 만나고 지내란 말인가요

難波潟《なにはがた》 短き蘆《あし》の ふしの間《ま》も
逢《あ》はでこの世を 過ぐしてよとや

難波潟のアシの節と節との間のように短い間も会わずに
一生過ごせとあなたは言うのですか。

伊勢『新古今和歌集』

奇数と偶数

どうしろと言うの、こんなに愛しているのに、こんなに会いたいのに……。待てども来ない、つれない人に送る怨みの歌だ。〈なにわ〉は大阪の昔の呼び名で、今はスチールのコンテナがぎっしり積まれている大阪港にも、アシが茂っていた。アシ原に風が吹けば、悲しげな泣き声のような音がしただろうか。時間の短さを、揺れるアシの短い節にたとえて観念を形象化したものだ。

日本では今でもよく観念を形象化する。たとえば、結婚祝いの場合、紙幣を偶数枚入れるのは失礼だということになっている。偶数は二つに分かれるから縁起が悪い。夫婦の関係を、封筒に入ったお札で形象化しているのだ。もし祝い金が二万円だったら？　一万円札に印刷された福沢諭吉が、新郎新婦を背負って互いに逆方向に走ってゆくだろう。

数年前、めぐみ先輩の結婚式に出席した時、私はお祝いとして五千円札三枚を封筒に入れた。日本の結婚式は通常、少数のお客さんを招待して豪勢に行うので一万五千円ではちょっと少ないのだけれど、私はソウルからの飛行機代と宿泊費に自腹を切っているからいいだろうと思った。五千円札には樋口一葉が印刷されている。樋口一葉は二人を引き裂くこともなく、子供と一緒に三人で末永く幸せに暮らせるよう、夫婦を結び付けてくれるはずだ。

去年の春、また別の友達の結婚式があってお祝いに樋口一葉三枚を出したのだが、誰かが私のテーブルに近づき、〈お車代〉だと言ってピンク色の封筒を置いていった。ホテルに戻って開けてみると、福沢諭吉が二人！　一万五千円出して二万円もらってしまった。友達が一生懸命準備した結婚式でおいしい物をご馳走になったうえに、お金までもらってきたわけだ。

横川君、どうして二枚くれたの！　友情にヒビが入るじゃない！

二章

翻訳家の仕事場

자길 버리는 사람이 진정으로 버리는 것인가
못 버리는 사람이 버리는 것이라네

身をすつる 人はまことに すつるかは
すてぬ人こそ すつるなりけれ

身を捨てて出家する人は仏に救われたいと思っているのだから、ほんとうに身を捨てたのではない。むしろ出家しない人こそ身を捨てているのだ。

西行法師『詞花和歌集』

覚悟

本を読んでいて、頭を殴られたようなショックを受けることがある。その戦慄を、ずっと覚えていることがある。

十数年前、東京・団子坂下の鷗外記念本郷図書館（森鷗外の旧居跡にあった図書館で、鷗外記念室が併設されていた。二〇〇六年に本郷図書館として近くに移転し、跡地には記念室を発展させた森鷗外記念館が二〇一二年にオープンした）で、私はそんな経験をした。薄暗くなりかけた頃、本を読んで頭がぼうっとしてきたので首をそらしたのを覚えている。蛍光灯がまぶしくて目を閉じると、温かいものが流れて当惑した。韓国と日本の間に、こんな悲しい恋人がいたのだな。朴烈《パクヨル》と金子文子のことを、その時初めて知った。

私が手にしていたのはミステリーの巨匠松本清張のノンフィクション『昭和史発掘』で、昭和時代に起こった大小の事件を顕微鏡で覗くように精密に描写したルポルタージュだ。宮部みゆきも松本清張のノンフィクションに影響を受けたと言っているが、不気味なほど事件を細かく解剖するところが似ている。

図書館の本棚にずらりと並んだ『昭和史発掘』全十三巻には、過去の事件の真実があった。松本清張は七年間もこの著作に没頭した。日本社会の暗いベールをはがす作業に身を捨てたも同じだ。『週刊文春』に連載（一九六四〜一九七一）されたものだが、時間に押し流されて忘れられていた事件に、彼独特のみっちりとした文体で再び照明を当てて大きな反響を呼んだ。私は『昭和史発掘』を読んで、目からはらりとウロコが落ちる音を聞いた。見えるものがすべてではない。松本清張は私を諭してくれた恩師のうちの一人だと言える。

『昭和史発掘』の主人公は命懸けで自分の信念を守った検事、作家、運動家といった人たちだ。たとえば、ある二等兵は、当時一般的だった部落差別と闘った。松本清張は、被差別部落は江戸時代の支配層である武士が被支配層を効率的に治めるために、人間を家畜のごとく差別するよう仕向けたことに起因すると述べている。被差別部落の人々は社会進出も難しく、結婚相手としても忌避されていた。平民は彼らを差別することによって自分の地位に満足する。この封建文化はずっと根強く残っていた。軍隊でこうした不条理に立ち向かい、認識を変えさせようとする二等兵の死闘に涙が出る。

いろいろな事件のうち最も印象に残ったのが朴烈の大逆事件で、韓国で映画にもなった独立運動家朴烈と、彼を愛した金子文子の話だ。文子は裁判でこう語る。

「私が朴烈と同棲することになったのは、朴烈の朝鮮人であることを尊敬したからではない。また同情したからでもない。朴烈が朝鮮人であることと私が日本人であることの国籍をまったく超えた、同志愛と性愛が一致したからです」

好きなものは好き。言いたいことはいつでも堂々と言う。この単純な美しさが、命を懸けなければ得られないとしたら……。結局、この威風堂々としたカップルは、爆弾暗殺テロを計画したとして物証もないまま無期懲役に処された。朴烈は朝鮮が日本の植民地から解放される一九四五年まで監獄で過ごし、文子は獄中で首を吊って死んだ。文子の遺骨は朴烈の故郷、慶尚北道《キョンサンブクト》聞慶《ムンギョン》市《シ》麻城面《マソンミョン》の山の麓にある墓に埋められた。

「身をすつる人はまことにすつるかは」

この問いを投げたのは、平安末期に一世を風靡した歌人西行法師だ（詠み人知らずとする説もある）。将来を嘱望される北面の武士だった彼は、ある日、刀を捨てて奈良の吉野山に入る。

どうして人の羨む生活を捨てて山に入るのですか。そう尋ねる世人に、西行は言いたかったのだろう。

「すてぬ人こそすつるなりけれ」

その日、図書館を出て、私は自分が握っているものについて考えた。それを逃すまいとあがくことについて考えた。手を開けば飛んでいってしまうもののために生きていいのか。自分がどんなに取るに足らない存在であっても、人知れず大きな志を抱いて生きていこう。そうするほかはない。そんな覚悟で家に帰る道には冷たい風が吹いていたけれど、胸は熱かった。

誰でも人生で一度は悲壮な覚悟をすべき時がある。日常に埋没しない志、恐怖にちぢこまらない意志、そうしたものを大胆にはぐくむ時間がなければ、ある日ふと自分のいる場所に違和感を覚えるかもしれない。皆が求道者や革命家になる必要はないけれど、かといってシャープペンシルの芯みたいにたやすく折れる気持ちで暮らすのは素敵なことではない。私も生きていてある瞬間、ある時、ある局面で、自分なりの正義を所信に従って主張できる人になりたい。

『昭和史発掘』はまだ韓国語に翻訳されていないようだ。全十三巻。翻訳する人も編集する人も出版する人も、身を捨てる覚悟でなければ出せないだろう。

세월 흐르면 다시금 이때가 그리워질까
괴로웠던 그 시절 지금은 그리우니

長《なが》らへば またこのごろや しのばれん
憂《う》しと見し世ぞ 今は恋しき

生きていれば、いつかは今のことも懐かしい思い出になるのだろうか。今、つらかった昔のことを懐かしんでいるように。

藤原清輔『新古今和歌集』

本の輪

どうすれば文芸翻訳家になれるのかと質問されることがある。会社に入る時のように面接を受けるのでもなく、試験やコンクールがあるわけでもなく、求人広告も出ないからだ。「長らへば……」という和歌が出たついでに、話しておこう。

子供の頃、私は小説家になりたかった。家にあった〈世界文学全集〉全六十巻（東西文化社）を読んだのがきっかけだ。父の遺品だ。もし退屈で死にそうだった十歳頃の私が本棚二段を埋めたこの全集を何度も読み返していなかったら、これほど小説に熱を上げはしなかっただろう。その記憶は数十年過ぎた今も私の内部で原形を保っている。文学全集を買った時、父は自分の死後、それが幼い娘にどんな意味を持つのかはまったく予想していなかっただろうが、その頃の読書は私という人間の土台となった。

大学を卒業し、生活のためにいろいろな職を転々としているうちに本から遠ざかった。そこそこ面白いだろうと思って始めたポータルサイト記者、放送作家、企業の広報などの仕事は、ちっとも面白くなかった。職場にいる時も、近くの図書館に駆けつけて本に埋もれたいと思っていた。泣きたいほど。それで、仕事帰りにカフェに寄って小説を書こうとしてみたけれど、何かが足りない。もっと徹底的に没頭できるものが必要だ。それに私のすべての時間と努力を注ぎたい。その時、そう思った。

二十九歳になった年に、私はそれまで貯めたお金で日本に留学した。別の国、別の言語であればどこでもよかったのだが、日本が出版大国であるという点に、何となく惹かれた。ほんとうに何の当てもなく、本格的に文学を学び始めた。生活費は韓国語の家庭教師で稼いだ。多い時はひと月に十四件も教えた。オデンという名の猫を飼っている女性、相撲の幟《のぼり》を作っている母娘、韓国人と日本人の夫婦の小学生の子供たち、航空会社のキャビンアテンダント、韓国人の恋人と結婚する予定の女性、小さなアパートで娘を育てているシングルマザーなど、いろいろな人に韓国語を教えながら親しく話すことで私の日本語も豊かになった。

そして、ここで運命の輪が私を転がしてくれた。修士論文を書いている時、一緒に勉強していたヘスという後輩から人を紹介されたのだ。当時、図書出版Bで企画を担当していた評論家、曺泳日《チョヨンイル》先生だ。私としては池袋の居酒屋で会った曺先生が、生まれて初めて見る〈出版関係者〉だった。チェウォンという、もう一人の後輩も一緒に、三人で緊張しながら会いに行った。ひょっとしたら、図書館にへばりついていた日々が日の目を見るのではないか。

曺泳日先生は、太宰治全集を翻訳してくれと言った。出版社としても冒険だったはずだ。任せてください。そんなことを言いながらも、それが実際に何を意味するのかは後に知った。私たちは三年間、すべてを太宰治全集の翻訳に捧げた。その時はほんとうに大変だったけれど、今はこんなに懐かしいのだから、歳月が流れればまた今のこの時間も懐かしくなるのかもしれない。この和歌とまったく同じ気持ちだ。

そうして太宰治全集が一巻ずつ刊行された。この全集が出れば世間が大騒ぎするだろうという――自分たちでは、とても立派な翻訳だと思っていたから――予想ははずれ、ありきたりの反応しかなかった。そう、そういうこともあるさ。でも時間が経てばみんなわかってくれる。私たちが死んでも、これ以上の太宰治全集は出ないよ。互いに大げさなことを言って慰め合いながら翻訳を終えた。私たちの輝かしい業績を見て翻訳を依頼してくる出版社はなかった。そんな時、私は二人目の〈出版関係者〉に出会った。

本屋で偶然見つけて買った『マイ・コリアン・デリ』という本がきっかけだった。ニュージャージーに暮らすアメリカ人ジャーナリストが韓国人である妻の母と一緒にスーパーを経営するという、実話を基にした話だ。私はその本がとても面白かったので、出版社であるチョンウン文庫の広報のツイッターに、この本をとても楽しく拝見しましたと投稿したところ、驚いたことにその出版社からメッセージが来た。「太宰治の『晩年』を訳した方ですよね？うちからも翻訳書を出しませんか？」。そうして岡崎武志『蔵書の苦しみ』を翻訳することになった。

三人目の〈出版関係者〉は当時ウィズダムハウスの編集者だった、今はモルリキッピ出版社代表のパク・チヘさんで、大江健三郎『読む人間』の翻訳を依頼された。チョンウン文庫に連絡先を聞いたそうだ。

出版社との出会いは通常、こんなふうに成し遂げられる。私が訳した本を編集者が読む。気に入る。その出版社に私の連絡先を問い合わせる。「貴社が出版なさった○○という本を拝読し感銘を受けました。こちらは○○出版社ですが、翻訳家の○○さんに連絡するには、どうしたらよろしいでしょう」。私は、自分の知らないところで自分の仕事に関する話が行き交うようすを想像するのが好きだ。一人で苦労しながら翻訳していた時間が報われる気がする。

ただ、パク・チヘさんは、ちょっと変なことを言った。「イエス24（本の通販サイトの名）にお書きになった文章で確信を得て、連絡を差し上げています」。え？　驚いた。それは、世間はどうして私にこれほどつらく当たるのかと涙半分、絶叫半分で書いた文章だった。太宰治の長篇小説『晩年』は、私が初めて一人で訳して刊行した本だ。それなのに、変なレビューがついたと出版社が電話してきた。津軽弁を全羅道《チョルラド》方言に訳すなんて、翻訳家の思想が疑わしいという。何ということだ。この小さな国で、まだ全羅道と慶尚道《キョンサンド》の対立が続いているのか。私はそのレビューを見て怒りのあまり、おおよそ次のような書き込みをした。

「（……）一、津軽弁を標準語に訳すことだけは避けました。（……）太宰の執筆意図や文章の味わいを充分に生かせないと思ったからです。（……）二、津軽弁を、国内の多くの翻訳書と同じように慶尚道方言にするべきかどうか、最後まで悩みました。（……）太宰全集の、これから出る作品の中には大阪弁や博多弁も登場するのに、その多様な方言を、すべて慶尚道方言にすべきでしょうか？　太宰の故郷である津軽方言がいちばん多いだろうと思いますが、私には、荒涼とした津軽の風景には全羅道の言葉のほうが似合うように思えました。（……）結局のところ、全羅道方言にしたのは、何となくそう思ったという自分の感覚によるものですから、荒唐無稽ではないと断言はできません。でも確かなことは、私はこれからもこうした自分の所信と感覚に従って太宰治全集を、丁寧に、謙虚に、しかし太宰おじさんみたいにウィットを持って翻訳していくだろうということです。最後まできっちり、着実に。

（……）」

編集者がこんな書き込みを見て翻訳家に信頼感を持ったとは。レビューした人に感謝すべきかもしれない。人生は実に、一歩先も予測がつかないものだ。

前の本が後の本を呼び、さらに私のささやかなコメントがきっかけで、ありがたいことに私はこの仕事を続けている。このエッセイも、いつか訪れる何かのきっかけとなって私を成長させてくれるだろうし、ずっと後の日、私は今この瞬間を懐かしむのだろう。つらかったあの頃が、今は懐かしいのだから。

この和歌は日本で広く愛されている。人間の幸福とは常に相対的なものだ。視点を変えればいろいろなものが違って見えてくる。今はつらくとも、いつかはこの時が懐かしくなるだろう。当たり前だけれど、つい忘れがちなことだ。

この歌を詠んだ藤原清輔《ふじわらのきよすけ》は父親とうまくいっていなかった。日本語の古語〈世〉には世の中、生涯、業績という意味以外に男女の仲という意味もあるが、藤原清輔は父と息子の仲という意味で使っている。父との確執は長い間続いたけれど、いつかは昔のことが懐かしくなる時が来るだろうという意味の歌だ。私の場合は母娘だろうか。父の不在で私の子供時代はちょっと寂しかったものの、振り返ってみれば、その頃の孤独が丈夫な基礎になっている。読む人によって別の状況を思い浮かべ、思いに浸ることのできる歌ではないだろうか。

長いトンネルの中でもがいていた時期も、過ぎてみれば、そう悪くはなかった、良かった、懐かしい。そんなふうに感じるのは、昔も今も人間の本性であるようだ。

애태울 바엔 잠이나 잘 것을 밤은 깊어서
기울어 넘어가는 달만 보고 있구나

やすらはで 寝《ね》なましものを さ夜《よ》ふけて
かたぶくまでの 月を見しかな

こんなにじりじり待つぐらいなら、いっそ寝てしまえばよかった。
夜が更けて西に沈もうとする月ばかり見ています。

赤染衛門『後拾遺和歌集』

仕事場が必要だ

シェアオフィスで仕事をする生活も、もう七年目だ。自分だけの小さな空間を持ちたいという思いは誰にでもあるだろうが、ソウルで保証金を払ったうえに毎月の家賃まで出すことを考えると、気の抜けた笑い声しか出ない。

最初は近所のカフェを転々とした。太宰治全集翻訳作業の半分以上は、近所のスターバックスの世話になった。固い木の椅子に腰かけて作業すると、どういうわけか静かな家より集中しやすかった。カウンターは一階にあり、二階はお客さんしかいないから気を使わずに七時間でも八時間でも仕事ができる。心地良いバックグラウンドミュージックが流れているし、コーヒーは濃い。客同士の雑談に耳を澄ます楽しみもある。一日四千ウォン出せばそんな場所で過ごせるのだ。誰も邪魔しない、誰も私に話しかけない、誰も私の存在を気にしないところ。仕事場として最高の条件が揃っていた。

ただ問題は、腰が痛くなることだった。横になって休む場所もない。ノートパソコンに本、参考資料、辞書まで持っていくのも大変だ。席を確保したまま食事に出かけてまた戻るのも貧乏たらしい。そう考えれば、仕事場を探すべきなのだが……。枯れ葉が舞い落ちるように残高が減っていく通帳を見ながらあれこれ思いあぐねていた時に、シェアオフィスというものの存在を知った。インターネットにシェアオフィスのコミュニティーがあって、仕事場をシェアする人を募集していた。私と同じような悩みを持つ人がたくさんいるのを知って、ちょっと安心した。そうして訪ねていったのが、普門洞の伝統家屋だ。

運営者は恋愛小説を書く人で、小さな中庭と古い台所のある伝統家屋を借り、仕事場としてシェアする人を求めていた。知らない町で知らない人と一緒に部屋を使うのはどんな感じなのか想像できなかったけれど、とにかく訪ねてみたら、意外なことに、私は彼女が初めてオープンしたシェアオフィスの最初の訪問客だった。後で聞いたところでは、彼女もどんな人が来るのかと緊張していたそうだ。

　そうして私たちは五年ほど同じ家で仕事をした。日曜日には路地の奥にあるムーダンの家で神降ろしの儀式をする声と路地の外にある教会の讃美歌が同時に聞こえる奇妙な空間だったが、そこには私専用の椅子と机があり、疲れた時に横になれる場所もあった。

　冬になると床はオンドルで温められ、夏には韓紙《ハンジ》を張った窓を開け放って縁側で涼んだ。そんな光景が、つい昨日のことのように思い出される。雨の日に軒端から落ちる雨だれの音、夜中に猫が瓦屋根の上を走る音、土塀越しに聞こえる隣家の老夫婦の話し声、中庭でお茶を飲みながら今日の天気や明日の心配事などを話すシェアオフィスの仲間たちの声が聞こえて、一人で仕事をしていても寂しくなかった。

　あの時、私たちはそれぞれ悩みの一つや二つは胸に秘めていた。いつも懸命に小説を書いていた小説家志望の女性は、夫と別れたがっていた。ちょっと暴力的な夫の言動が娘に悪影響を与えないか心配だけれど離婚したら食べてゆく手段がない。毎年コンクールに応募しているのに入賞しない。ふうっ……。

　ある翻訳家は、せっせと翻訳をして本を出しても、誰にも興味を持ってもらえないのがつらいと言った。レビューや書き込みも全然つかない。どうして誰も読んでくれないのだろう。ふうっ……。

あるフリーの記者は、適当な男が見つからないと言った。好きな男は寄ってこないし、連絡してくるのは好きでもない男ばかり。二十年以上頑張って生きているのに、こと恋愛に関しては、うまくいきそうな兆候がいっこうに見られない。ふうっ……。

その時、恋愛小説家が叫んだ。

「ちょっと、みんなのんきだね。あたしは家賃が払えるかどうか心配してるのに。シェアオフィスを使いたいという人からの問い合わせもない。どうしてだろう。みんな、仕事場が必要じゃないのかな」

その家には部屋が三つあった。彼女は一部屋に机を三つずつ置き、九人に貸して運営するつもりでシェアオフィスをオープンした。しかし人が集まらないので机を一つずつどけて六人に貸すことにした。だがその六人すら集まらず、毎月百万ウォン以上の家賃を出すのに不足分を小説の著作権料で埋めていた。保証金もお兄さんだか彼氏だかから借りているから返済しなければならないと言っていた。

心配していても仕方ない、各自仕事でもしようと言って解散したその日の夜は、軒の上に見える月がとても美しかった。結局、城北川《ソンブクチョン》の近くに小さな伝統住宅が立ち並んでいたその地域は再開発されてマンションが建つことになった。私たちは追い出され、それぞれの悩みでじりじりしていた、あの小さな中庭も消えた。

この和歌は、浮気者の貴公子に翻弄される妹を見るに見かねた姉が詠んだと言われている。そんな男をじりじりしながら待つより、寝たほうがましだよ。世の中には思うようになることとならないことがあるものだ。私たちは、ただ自分の中に巣食っていた悩みを打ち明けたり、月の光の下でおしゃべりしたりできる小さな中庭が欲しかった。ささやかな空間を分かち合いたかった。だけど普門洞の家は一軒ずつ退居してゆき、私たちも去らねばならなくなった。どんなに切実でも、かなわない願いがある。

幸い今は、美しい屋上部屋（建物の屋上に造られた小さな家）に落ち着いている。切実に願っていれば、突然かなうこともあるのだ。だから、じりじりと待つぐらいなら寝ようというお姉さんの助言に耳を傾けた方がいい。

변함없다는 그 약속 진심일까 검은 머리칼
흐트러진 아침엔 내 마음도 엉켜라

長からん 心も知らず 黒髪の
乱れてけさは ものをこそ思へ

変わらないというその約束は本心でしょうか。
黒髪の乱れた朝には私の心ももつれます。

待賢門院堀河『千載和歌集』

太宰治

黒い髪を乱した小説家太宰治の遺体が玉川上水の土手に引き上げられた。不朽の傑作と自負する『人間失格』を脱稿して、ひと月後のことだ。

夏目漱石など一流作家だけが執筆を許された朝日新聞の連載小説を依頼されて喜んでいた太宰が、どうして突然愛人と心中してしまったのかについてはあれこれ推測されたけれど、ほんとうの理由は誰にもわからない。

他殺説もある。心中相手の山崎富栄の遺体は膨れあがっていたのに、ワイシャツを着た太宰は生前のまま、眠っているような穏やかな顔をしていたからだ。溺死した人は通常、苦痛にゆがんだ顔で発見されるという。しかし家に残された遺書の筆跡は、確かに彼のものだった。

絶筆となった未完の連載小説のタイトルも妙なことに『グッド・バイ』だ。太宰は、浮気者の主人公が妻と縒《よ》りを戻すため愛人たちにグッド・バイと別れを告げて回ったあげく妻から捨てられるというストーリーを考えたと言っていた。しかし主人公が愛人たちにグッド・バイを告げている最中に作家本人が命を絶ってしまったわけだ。いろいろと面白い男だ。

まことに、相逢った時のよろこびは、つかのまに消えるものだけれども、別離の傷心は深く、私たちは常に惜別の情の中に生きているといっても過言ではあるまい。

題して「グッド・バイ」現代の紳士淑女の、別離百態と言っては大袈裟だけれども、さまざまの別離の様相を写し得たら、さいわい。

太宰が『グッド・バイ』連載に際して記した「作者の言葉」だ。自分の小説を愛してくれた読者に宛てた最後の挨拶と見ていいだろう。ひょっとすると彼は、こんなふうに読者との別れを準備していたのかもしれない。

死ぬ十年前、彼は作家として成功したくてひどく焦っていた。そんな自分の恥ずかしい姿は、「彼は昔の彼ならず」とか「猿面冠者」といった初期の短篇でユーモラスに描かれている。情けなく滑稽な主人公は、たいてい津島修治（太宰の本名）自身だ。

ゆがんだ青春の自画像ともいうべき短篇集『晩年』も大きな反響を呼ばなかった。世間はどうしてわかってくれないのだ！　芥川賞が欲しくて審査委員に頼みこんだこともあったのに、毎回受賞を逸した。文壇は彼の作品をおふざけやこじつけのように見做《みな》していた。しかし彼は諦めなかった。自分は文壇ではなく、読者のために書くんだ！

彼の主張はこうだ。もったいぶって偉そうにするのが文学か？　違う。人を慰めたり泣かせたり笑わせたりするのが小説だ。権威などどうでもよい。それは作家の本分ではない。堅苦しいのは御免だ。ユーモアを交えて書こう。滑稽になろう。それが読者を慰められるのなら、私の小説で誰かが愛を知ることができるのなら、それで充分だ。それが革命だ。それが美だ。

十年間そんなふうに小説を書いた太宰を文壇よりも読者が先に評価し、愛した。いつの間にか彼は読者にとって、なくてはならない作家になっていた。それなのに『斜陽』で一躍ベストセラー作家になった翌年『人間失格』を完成すると、自ら世を去ってしまう。読者が受けたショックは計り知れない。

『グッド・バイ』は、それ以前の作品に比べて深みに欠ける。当然だ。一人の人間がそんなに傑作ばかり書けるわけがない。ファンが急増したことも負担だったのだろう。戦争が終わり、人々は軍国主義を投げ捨て、人間本来の弱さを描いた太宰に熱狂した。彼はそんな劇的な反転を、ただ喜んだだけではなかった。

変わらないという約束は本心だろうか。黒髪の乱れた朝には私の心ももつれる……。すべてがうっとりするほど素晴らしい反面、すべてが不安だった。常に愛されていたかったし、その愛を勝ち取った。捨てられる覚悟など、少しもできていない。自分の作品はいつも最上の状態でなければならない。『人間失格』脱稿後、心身ともに弱っていた状態で休みも取らずに次の作品に着手しなければならなかったのだから、もつれてしまった心を解きほどく余裕はなかっただろう。

金が必要だったし、原稿を書く約束はたくさんあって、出版社はせかしてくる。当時の出版市場は残酷だった。彼はなぜ逃げられなかったのだろう。三途《さんず》の川を越える前に、いやだ、できない、捜さないでくれといってどこかに隠れたら、そうするだけの度胸があったなら、彼は死なずに老人になっても小説を書いていたかもしれない。尊敬していたトルストイやドストエフスキーのように。

私は彼があまりにも大きな愛を受け止められない人間だったのではないかと思う。愛が大きくなれば憎しみも大きくなる。大きな愛に耐えられるのは、憎しみの矢を放たれても泰然としていられる人だ。後ろ指を指されてやると決心したこと自体、彼が憎まれることを極度に恐れていたことを物語っている。実際、外部から来る愛と憎しみから完全に自由な人など、どれほどもいないのだ。

平安時代の女性たちはつやつやした長い黒髪を櫛でとかしながら、もつれた気持ちを落ち着かせた。太宰もゆっくり髪をとかす気持ちで耐えたなら、もっと偉大な作品を残すことができただろう。私はそれが惜しい。翻訳する作品がこれ以上残っていないという事実が寂しい。

검디검었던 내 짙은 머리칼도 변해버렸나
거울 속에 살포시 내려앉은 하얀 눈

うばたまの わが黒髪や かはるらむ
鏡の影に 降れる白雪

真っ黒だった髪がこんなに変わってしまったのか。
鏡に映る私の影に白雪が降り積もっている。

紀貫之『古今和歌集』

詩人と編集者

最近、鏡を見るたびに驚く。いつの間にこんなに白髪が増えたのだろう。私が世の中と衝突しながら生きてきた悩みの歴史が、黒い森の中で銀の糸のように伸びているのだな。抜こうとしばらく奮闘したけれど、やがて毛抜きを投げ出して考えた。どうせなら、美しく年を取ろうじゃないか。そのために、先を歩いた人たちから知恵を拝借するのもいいだろう。私にはまねしたい日本の女性が二人いる。一人は詩人で、もう一人はその詩人担当の編集者だ。

『ヘンゼルとグレーテルの島』という詩集を翻訳していた時のことだ。きらきらした幼年期の思い出を描いたその詩集は一九八三年に日本で出版されたものだったが、若くて覇気のある二、三十代の出版関係者たちが結成した〈イッタプロジェクト〉(イッタは〈つなぐ〉の意)が、その詩集を出したいと言ってきた。〈イッタプロジェクト〉とは、「我々は純粋なものを考えた」というポール・ヴァレリーの言葉に魅かれ、死んでもいいから金銭よりも人としての心意気と品位を持ち続けるために詩集、小説、哲学書を出版しようという人たちが集まった〈労働共有型独立出版プロジェクト〉と称する奇妙な団体だ。

その頃、五、六冊の翻訳書を出した新人翻訳家だった私はイッタに半分ぐらい足を突っ込んだ格好だった。一つの組織に縛られたくはなかったけれど、この人たちのやっていることがあまりにも素敵で面白そうだったから、彼らの主催する朗読会で時々日本語の朗読をしたり、翻訳をしたりしていた。

その時、その組織の中心人物だったサーシャ(彼に初めて出会ったのはフェイスブックだった。私が太宰治の『人間失格』に引用されているフランス語の詩の原文が見たいが、フランス語がわからないので困っていると何げなく書いたら、どこからともなく彼が現れて助けてくれた後、次に自分が助けを求めたら絶対に拒絶してはいけないと言った)は、私に『ヘンゼルとグレーテルの島』を出したいから翻訳して、版権についても調べてくれ(?!)と言った。

「ぷははは！　そんなのってある？」

「エージェントを通したら費用がかかるから、姉《ヌナ》さんがちょっと調べてくれよ」

今のイッタは立派な詩集をたくさん出した堂々たる出版社だけれど、その時はまだ、本という美しい物体を作り上げる能力があるのかどうか見当もつかない荒野の裸ん坊で、ちょっとおおざっぱなところもあった。私は助けてもらったし、また彼らに対してある種の愛情を感じていたので、わかったと答えた後、思った。うまくいくわけがない。しかし、日本から思いがけない返事が返ってきた。返事をくれたのは、私が版権に関して問い合わせた出版社をすでに定年退職した編集者だった。

「以前、水野るり子さんを担当していた編集者唐沢秀子です。メールをいただき、うれしく感謝の気持ちでいっぱいです。水野さんも喜んでくださると思います。すぐに連絡して……」

その短いメールから、数十年前にその人が心を込めて詩集を作っていた時の情熱や、今、隣国の若い人たちがその本を気に入って出版したがっているという連絡を受けた時の喜びまで、そっくり伝わってきた。そんなふうにエージェントや出版社を通さず、退職した老編集者を通じて当時八十三歳だった水野さんと直接契約することができた。

しかし、もっと驚いたのは、水野さんの創作意欲や本に対する熱意だ。私は翻訳している時も終わってから後も時々彼女と連絡していたのだが、そのたびにメールや郵便で「最近書いた詩です」「今度出た同人誌です」「新しく出た評論集です」などと言って送ってくれる。私が宮沢賢治の『春と修羅』の翻訳が難しいと言うと、東京大学小森陽一教授の講義を聞けといって、「序」と「春と修羅」の解説のテープを国際郵便で送ってくれた。その講義は実に美しかった。私は宮沢賢治詩集を翻訳する間、夜ごとに明かりを消してそのテープ（そう、私はこれをサムソン電子のマイマイ（小型のカセットテーププレーヤー）で聞いた）を聞きながら眠った。韓国語版『春と修羅』を楽しんでくれた読者の方々には、水野るり子さんのおかげをこうむっていることを知っておいていただきたい。

当時、水野さんは知人たちと『二兎』という同人誌を発行していた。参加者はすべて七、八十代の女性だと言っていた。そして韓国語版『ヘンゼルとグレーテルの島』の訳者あとがきをみんなで読みたいから、日本語に訳して送ってくれと言った（水野さん、正直に言ってください。一九三二年生まれだなんて嘘ですよね？）。私は自分の書いたあとがきを著者のために日本語に訳すという珍妙な経験をした。後に『二兎』同人の集まりで水野さんが私の訳者あとがきを朗読して拍手を受けたそうだ。ははは！　そうだ、死ぬまでそんなふうに生きられるなら、いつか鏡の中に大雪が降ったとしても、恐れることなどありはしない。

다고 해안가 내려가 바라보니 순백 뒤덮인
후지산 봉우리에 눈은 폴폴 날리고

田子《たご》の浦に うち出《い》でて見れば 白妙《しろたへ》の
富士の高嶺《たかね》に 雪は降りつつ

田子の浦に出かけて仰げば真っ白な雪に覆われた
富士山の峰に雪が降り続いている。

山部赤人『新古今和歌集』

自然に頼って

私は毎日仁王山《イナンサン》に登る。生きるためだ。新しい仕事場はソウル鍾路区《チョンノグ》玉仁洞《オギンドン》にある屋上部屋で、光化門《クァンファムン》でデモやお祭りをやってさえいなければ、飛び交う小鳥の羽の音しか聞こえないほど静かだ。

私は翻訳仲間のチェウォンと一緒にシェアオフィス数カ所を見た末、保証金と家賃を折半して共同でこの仕事場を借りることにした。不動産屋を何軒か回ったけれど、私たちが顔を赤らめておずおずと提示する保証金の額を聞くと誰もが首を傾げた。うーむ、無理だなあ。たいていそんな雰囲気だったのに、〈西村《ソチョン》の春〉という感じのいい不動産屋のおじさんのおかげで希望どおりの仕事場が見つかった。おじさんは引っ越しの日に、応援していると言ってブドウを買ってきてくれた。

しかしいくら環境が良くても、一日八時間も九時間もじっと座っていれば身体は悲鳴を上げる。おまけに体形も崩れてゆく。だんだん下腹が出て背中は亀のように曲がり、脚ばかり妙に細くなる。このままでは仕事どころか長生きすることもかなわない。危機感を覚えた私は、毎朝山に登ることにした。

仕事場近くに水声洞《スソンドン》渓谷という美しい登山口があり、朝鮮時代の画家、謙斎《キョムジェ》・鄭敾《チョンソン》の山水画「水声洞」に描かれた麒麟橋《キリンギョ》が、今あちらに見えている橋だろうかと思いながら歩いていると、いつしか山の奥に来ている。手を伸ばして大きな花崗岩に触れる。ざらざらした冷たい感触。この岩は千年前から鳥や人間や虎を見守ってきたはずだ。巨大な岩と岩の間にある狭い道を抜ければ、どっしりした松の木が待ち構えている。抱きついてみると不思議に温かい。

ある日は玉仁洞の石窟庵《ソックラム》、別の日には清雲《チョンウン》文学図書館まで行き、また別の日には頂上まで登る。石窟庵ではお坊さんがウーロン茶をいれてくれた。学生時代に三島由紀夫の『金閣寺』を読んで雷に打たれたような衝撃を受け、すぐさま旅支度をして京都に行って金閣寺を見て以来、毎年春と秋には京都に行くという、愉快なお坊さんだった。

家を出る時には必ず猫のエサを持ってゆく。仁王山には意外に猫がたくさんいるが、他の山もそうだろうか。物音がして振り向くと、猫がいる。エサを取り出す音を聞きつけてやってくるのだ。落ち葉を食器代わりにしてエサをやる。水は渓谷のどこででも飲めるから安心だ。

ある日、猫にエサをやってから道を渡ろうとした時、知らないおじさんが走ってきた。動物嫌いの人がたくさんいると聞いていたから怯えていると、おじさんはにっこりして缶コーヒーを差し出した。「生命を助けるために、いいことをなさってますね。これを飲んで頑張ってください。私はこの上で花を植えてるんですよ」。ああ、あの道に美しく咲いていたコスモスは、おじさんの作品だったのか。たまに、そんな出会いもある。猫にエサをやりながら山に登る翻訳家と、山に花を咲かせるおじさん。

山道をぼうっと歩いている時に突然、ずっと抱いていた疑問が解けたり、アイデアを思いついたりする。早く書きたくて仕事場に引き返しながら、頭の中でアイデアを少しずつ膨らませてみる。そんな朝は、とても気分がいい。荘厳な自然物に頼れるのは、何にも代えがたい大きな賜物だ。

富士山は登ったことがないけれど、遠くから見たことはある。東京でも空気の澄んだ日には遠くに富士山が見えた。友達のマミ子とその娘のレイナの家も、ベランダから富士山が見えた。西武電車で新宿から三十分ほど行ったところにある小平駅の近くだ。低いところからは見えないが、三階ぐらいになると富士山が見えた。爽やかな季節だったのに、頂上はもう真っ白い雪に覆われていた。遠くから人間を見下ろしているようだった。私が仁王山に頼って生きているのと同じく、富士山に頼って生きる東京人もたくさんいるのだろう。マミ子は故郷の北海道に帰った後は、北見の氷河に頼って暮らしながら俳句を作っている。

この歌を詠んだ山部赤人は京都から東に旅する途中、駿河湾沿岸で、生まれて初めて富士山を見た。東京からも見えるのだから、静岡では天に届くみたいに高く見えたに違いない。彼は口をあんぐり開けて眺め、この和歌を詠んだ。鄭歚が仁王山を描いた時も同じような心境だったはずだ。昔も今も、頼ることのできる荘厳な自然物が、人には必要だ。

나의 소매는 썰물 때도 잠기는 먼바다의 돌
아무도 모르지만 마를 틈이 없구나

我《わが》袖《そで》は 潮《しほ》干《ひ》に見えぬ をきの石の
人こそ知らね かはく間《ま》ぞなき

私の袖は引き潮の時でさえ水に浸かる沖の石のように
あなたも知らないでしょうが、涙に濡れて乾く間もありません。

二条院讃岐『千載和歌集』

独りで

私の記憶の中で、沖の石のように揺れている人がいる。江原《カンウォン》道《ド》旌善《チョンソン》の五日市で会ったおばあさんだ。その時、私は『おらおらでひとりいぐも』という小説に出てくる東北方言を江原道方言に訳そうと孤軍奮闘していた。

江原道と日本の東北地方は海一つを隔てたところにある。緯度も同じぐらいで、高い山と広々とした海があり、寒く、昔から都と断絶されていたために訛りが強いという点も似ている。しかし私の故郷は江原道ではない。原州出身の知人が、太白山脈を越えると訛りが強くなると言うので、とにかく山奥の五日市にでも行って、誰でもいいからお年寄りをつかまえて話しかけてみようと思い、江原道に向かった。

　真っ先に訪れたのが旌善の五日市だ。その日は特別いいお天気で、まだ五月なのに太陽が真上から照りつけていた。混雑する市場で日よけの黒い大きな傘を広げて地面に座り、生の落花生やタラの芽を売っている小柄なおばあさんが目についた。私はバッグから小説の翻訳文をプリントした紙を出し、そっと近づいた。

「こんにちは」

　挨拶すると、退屈そうに座っていたおばあさんの顔がほころんだ。

「うん、落花生がいるのかい？」

「ええ、落花生も買うし、おばあちゃんの話をちょっと聞きたくて」

「話って？　どんな？」

　緊張した。果たしてこんなインタビューが役に立つだろうか。いや、そもそもこんなふうに話しかけることが翻訳の助けになるのだろうかとも思ったけれど、私は思い詰めたあげくにわざわざ旌善の市場までやってきて、地面にしゃがんでいるのだ。ひるんではならない。私はおおよその事情を説明し、方言を録音したいと了解を求めた。おばあさんはソウルから来た若い人に話しかけられたのが不思議だったらしく、自分の敷いていた段ボールを差し出して、楽に座れと言ってくれた。私はまず、小説の主人公が夫を亡くして悲しむ場面を旌善の方言で聞きたかった。いや、聞かねば。

「ご自身の話を聞きたいんです。ご主人はお元気ですか」

「ああ、だいぶん前に亡くなったよ」

「まあ。亡くなった時には悲しかったでしょうね」

「あたしは、子供の頃は父ちゃんにかわいがられて育ったけど、こっちに嫁に来てからは、苦労ばかりだった。亭主は博打もやったし、大酒飲みで、ケンカも……しょっちゅう警察に出入りしてた。でも亭主は……あたしには優しかった。優しかったよ」

　そう言うと、突然涙を流すではないか。会いたい。苦労させられても、憎いことをされても、亭主とは一緒に暮らして互いを思いやっていた。その人がいなくなった寂しさは、子供でも埋めることができないと言いながら。私ももらい泣きしてしまった。夫婦とはそういうものなのか。私はふと、おばあさんの名前が知りたくなった。憎いけれど愛していた、愛していたからこそ人知れず涙を流す、そのおばあさんの名が。

「あたしかい？　キム・オクスンだ。人に名前を聞かれるなんて、ずいぶん久しぶりだよ。あんたに聞かれなかったら、忘れたまま死んでたね」

そう言って、今度はにっこりする。笑顔が、タンポポの花みたいだと思った。

この和歌は人知れず恋する女性が、寂しい心情を引き潮の時にも水に浸かっている石にたとえたものだ。旌善に嫁いだおばあさんが五月の五日市で見せた涙と笑顔は、今も私の記憶の沖で揺れている。

소문에 듣던 다카시 바닷가의 높치는 파도
괜스레 다가갔다 소매만 젖겠지요

音《をと》に聞く 高師《たかし》の浦の あだ波は
かけじや袖の ぬれもこそすれ

うわさに高い高師の浜に打ちつける波。
うっかり近づいたって袖が濡れるだけですよね。

紀伊『金葉和歌集』

試行錯誤

私にも、うっかり近づいてしまったために涙で袖を濡らした過去がある。大学四年生の時のことだ。学校という澄んだ井戸の中から広い海に一人で漕ぎ出すことの不安は、誰しも経験することだろう。

誰々はどこどこの会社に就職が内定した、誰々はどこどこの研究室に入るそうだ。そんなうわさを聞くと、よけいに不安になった。社会に押し出されて知らない海でもがく自分の姿が目に浮かんだ。その時私は、将来の志望もはっきりしない軟弱な苗木だった。とにかく、お金は稼がなければ。仕事を探そう。そうして入ったのが、汝矣島《ヨイド》にある放送局のプロダクションだ。

文章を書く仕事がしたかった私は放送作家に憧れて放送アカデミーという学校に通っていた。その学校の先生が率いていた番組制作プロダクションに採用されたのだ。私にとって初めての職場だった。最初の二カ月間はインターンだから給料はひどく安かったけれど、無事に社会人になれたことに安堵していた。

しかし、それが間違った選択であったことに気づくまで、長くはかからなかった。放送する番組は毎週新しい内容でなければならない。それはつまり、毎週新しい企画を立て、新しい出演者に交渉し、新しいロケ地を探し、新しいスクリプトやキューカードを作り、予定どおり進行できるよう撮影前にすべてセッティングしなければならないということだ。毎週毎週その繰り返しだった。

問題は、そんな仕事をするには私があまりにものろまだという点にあった。ただ面白そうだという理由でうかつに近づいた自分が馬鹿だった。そう思ったのは、その業界を二年ほどうろついた後だ。何とか適応しようとした。自分を変えようとした。だが、生まれ持った性質を変えるのは簡単ではない。いや、ほとんど不可能だ。すべてがスピーディーに進行する放送は、乾いた平原に一瞬で燃え広がる炎のようなもので、そこで楽しく働くには炎のスピードに慣れるか、少なくともそれを苦痛に感じない人にならなければならない。私はそのスピードにめまいがした。

私は野原に根を下ろそうとする木のような人間だったのだ。自分が、百年でも千年でも一カ所に留まって世の中を観察し、ほんの時たま誰かとのんびり言葉を交わしたい人間であることを、世の中で一番忙しい放送局でぼんやりと悟った。

この和歌は男女の恋文を競う〈艶書合《えんしょあわせ》〉で詠まれた歌で、次のような愛の告白に対する返歌だ。

남들 모르게 품고 있는 이 마음 갯바람 아래 밤 파도 너울대니 털어놓고 싶어라

人しれぬ 思ひありその 浦風に 波のよるこそ 言はまほしけれ

（人知れず思いを抱いています。有磯《ありそ》の浦に吹く風で波が寄せるように恋しい心が寄せる夜にこそ思いを打ち明けたいのですが）

今晩訪れて告白したいと言ったのは、浮気者だとうわさに高い二十九歳の藤原俊忠で、この和歌を受け取った女性は七十歳前後だったと伝えられる女官、紀伊《きい》（生没年不詳）だ。年の差なんと約四十歳。こいつめ、ばあさんをからかう気か。紀伊としてはそんな気持ちだったに違いないが、それを品の良い和歌に昇華させている。

かねがねうわさは聞いています。たくさんの女性の袖を涙で濡らさせたそうですね。荒れる波のようなあなたの相手などしたら、いたずらに袖が濡れるばかりでしょう。私は遠慮しておきます。好色漢の意地悪ないたずらを優雅に退ける才知に、皆は大笑いして彼女の勝ちを認めたに違いない。高師の浜（現在の大阪府高石市の海岸地区）の〈たかし〉は、波が高いという意味とうわさに高いという意味を兼ねている。

仕事も恋も、自分を知り相手を知ってこそ後悔しないで済む。当たり前のことだけれど、いざ自分のことになると、意外にそんな当たり前の真理が見えなくなる。うわさだけに頼っていては後でうろたえる結果になりかねない。うっかり近づいて袖を濡らす試行錯誤も人生においては時々必要だけれど、そんな経験はなるべく若い時にしておいたほうが害は少ない。

그대 그리며 흘린 눈물이 봄에 따뜻해졌네
끝없는 그리움이 눈물을 데웠나 봐

人恋《こ》ふる 涙は春ぞ ぬるみける
たえぬ思ひの わかすなるべし

あなたのために流した涙は氷が春に解けるようにぬるくなりました。
私の絶えない熱い気持ちが温めたのですね。

伊勢『後撰和歌集』

ひと碗の雪

恋しさで涙が温まったという千年前の和歌があるかと思えば、果てしない悲しみがみぞれのように舞い散る百年前の詩もある。次に引用するのは、宮沢賢治が妹の死に際して書いた「永訣の朝」の一部だ。

けふのうちに
とほくへいつてしまふわたくしのいもうとよ
みぞれがふつておもてはへんにあかるいのだ
(あめゆじゆとてちてけんじや)

うすあかくいつそう陰惨《いんざん》な雲から
みぞれはびちよびちよふつてくる
　（あめゆじゆとてちてけんじや）

（……）

ああとし子
死ぬといふいまごろになつて
わたくしをいつしやうあかるくするために
こんなさつぱりした雪のひとわんを
おまへはわたくしにたのんだのだ

（……）

どうかこれが天上のアイスクリームになつて
おまへとみんなとに聖い資糧をもたらすやうに
わたくしのすべてのさいはひをかけてねがふ

真冬に妹が高熱に喘ぎながら世を去ろうとしている時、兄は陶器の茶碗に白い雪をいっぱい入れてくる。兄が妹に与える、地上での最後の贈り物。そのひと碗の雪に兄の悲しみが結晶している。

この詩が収録された詩集『春と修羅』の翻訳を終える頃、私より一つ年下の従弟ジニュが世を去った。抗ガン治療でげっそり痩せていた。「林の中を歩きたい、涼しい風に当たりたい」。ジニュは口癖のようにそう言っていた。声をかけようとしても言葉が出なかった。その瞬間に私が持っていた言葉は、あまりにも貧弱だった。言葉の代わりに手を握ったら、幼い頃に自分たちよりずっと背の高いススキをかき分けて歩いた、天気のいい真昼の時間が思い出された。

あなたはあの日を覚えているだろうか。林の道を歩き、ススキが顔をくすぐり、涼しい風に髪がなびいていた美しい思い出を一つも忘れずに、天に持っていってちょうだい。恐ろしいこと、つらかったこと、痛かったこと、苦しかったことはすべて地上の海に投げ捨ててしまって。私は黙ってそう祈り続けた。

머나먼 숲속 바위 골짜기에다 몸을 숨기고
남의 눈 의식 없이 생각에 잠기고파

はるかなる 岩のはざまに ひとりゐて
人目《ひとめ》思はで もの思はばや

里から遠く離れた岩の間に一人で身を隠し、
人目を気にせずもの思いにふけりたい。

西行法師『新古今和歌集』

泉のほとりでの朗読

誰もいないところで愛する人のことを好きなだけ思っていたい……。出家した西行の和歌だ。いくら俗世との縁を切って孤独な道に入ったといっても、気になるものは気になるらしい。特に誰かを恋しがっていなくても、誰もいないところに行きたいと思うことがある。ある春の日、私は誰もいないところで思い切り詩の朗読をしたくて江原道平昌《ピョンチャン》の森に入った。

『春と修羅』が韓国で刊行された時、私は詩集専門書店〈ウィット&シニカル〉で朗読会を開くことにした。恵化洞《ヘファドン》の東洋書林《トンヤンソリム》二階に移転した後の空間も素敵だけれど、その時は合井洞《ハプチョンドン》にあって、かなり広かった。詩の好きな人たちの間では名の知れた店だ。

二、三十人（私には大観衆に思える）ものお客さんが来る予定で、宮沢賢治の詩を愛する詩人カン・ソンウンさんが一緒に進行してくれることになった。詩の夕べは美しい催しだけれど、朗読する人は練習が必要だ。私が格別に愛している詩集だから失敗したくなかった。絶対に、読み間違えて赤い顔で舌を出したりしてはいけない！

私のロールモデルは、太宰治の遺体が発見された日であり彼の誕生日でもある桜桃忌（毎年六月十九日。小説家の今官一が、無名時代から親しかった同郷の友人太宰の一周忌に、晩年に発表された短篇「桜桃」にちなんで名付けた）で出会った、フリーアナウンサー原きよさんだ。私は新宿から夜行バスで十時間近くかけて青森に旅行した。〈太宰治疎開の家〉（旧津島家新座敷）の小さな部屋で開かれた朗読会は桜桃忌の行事の一つで、全国から太宰ファンが集まっていた（現在、青森県五所川原市は〈太宰治生誕祭〉という名称で毎年六月十九日に金木芦野公園で式典を行っている）。

着物をきちんと着た原さんは「貨幣」という短篇をまるごと暗誦した。一つの物語が、一行も欠けることなく彼女の中にあった。本も紙もスマホも見ない。小説の語り手は百円札だ。

その作品を暗誦する原さんは一人芝居の俳優のように一枚の紙幣になっていた。戦時中にさまざまな場所を転々とした紙幣は、空襲の火の海を逃れ、焼け野原で赤ちゃんの肌着の内側に入った時にようやく幸福を感じる。

二、三十分かけた暗誦が終わると、愛らしくも悲しい紙幣が私の心にはらはらと舞い落ちた。すごい。朗読とはああいうものなのだな。私はその作品を訳した直後だったからいっそう胸に迫り、こっそり涙を流した。

私も、私にも、あんな朗読ができるだろうか。あんなふうに、朗読だけで誰かに大きな感動を与えることができるだろうか。暗記できればいいけれど、できなくても、詩を私の内部で完全に具現化したかった。練習場所が必要だ。しかし大声で練習できる場所は、意外になかった。仕事場には仲間がいるし、家には家族がいる。通りには人がいる。では、人目を気にせずに朗読できるのは森の中だ！

一度、Airbnb《エアビーアンドビー》で予約して泊まったことのある、平昌の山のてっぺんの小さな宿を思い出した。森の道が終わるところにあり、オーディオとLPレコード盤が揃っていて一日中音楽を聴いていられるところだった。私の朗読を聴いてくれるのは、たまに遊びに来る茶色の犬〈ナム〉（〈木〉の意）と、黒犬〈ケウル〉（〈小川〉の意）だけだ。美しい犬たちが聴きに来るのは大歓迎だし、あいつらは詩より食べ物の匂いに気を取られるから気が楽だ。そうして平昌で夜は降り注ぐ星を仰ぎ、昼はモミの木に囲まれた小さな泉のほとりで朗読の練習をした。

さらさらさら、きょうのうちに、さらさらさら、とおくにいってしまうわたくしのいもうとよ、さらさらさら、あめゆじゅとてちてけんじゃ。

朗読会は何とか無事に終わった。その日、書店で私が何をしゃべったのか、朗読がうまくいったのかどうかなどまったく記憶にないけれど、江原道の森の泉のほとりで人知れず練習したことだけは、はっきり覚えている。暗記するつもりで何度もしつこく繰り返したから、平昌の森の鳥や岩や木は私の声を覚えているかもしれない。それは私にとってもいい思い出だ。おおぜいの人と一緒にしたことより、一人でしていたことのほうが記憶に残りやすいのだろう。

그대가 왔나 아니면 내가 갔나 알 수가 없네
꿈인지 생시인지 잘 때인지 깰 땐지

君やこし 我やゆきけむ 思《おも》ほえず
夢かうつつか 寝てか覚《さ》めてか

あなたが来たのか私が行ったのかよく覚えていません。
夢だったのか現実だったのか。寝ていたのか、起きていたのか。

詠み人知らず『古今和歌集』

イメージで翻訳するということ

翻訳する時、ときどきこんな状態になる。これを書いたのは自分なのか著者なのか。私が感じたのか著者が感じたのか。いささか誇張して言うと、現実が夢で、本が現実のような。描写がリアルで緻密なほど、そんな気分に陥りやすい。主人公が私で、著者が私で、一篇の小説、一冊の詩集に私の魂が宿る。私はそんなふうに本の中で暮らしている。本の外では夢を見ているみたいにご飯を食べたり散歩したり寝たりする。

夏目漱石は、翻訳などせずに一行でも多く自分の文章を書けと後輩たちに忠告したけれど、私はまだこの仕事が楽しく、新鮮だ。新しい本、新しいページに足を踏み入れるたびに胸が高鳴る。おそらく死ぬまで夢と現実を行き来しながら本を読み、文章を書き、翻訳するような気がする。大工さんが材木に触れて生涯を暮らすように、私は言葉に触れて暮らしたい。

翻訳で私が最も大切にしているのは視覚的イメージだ。読んでいて絵が思い浮かぶ瞬間がいい。日本の作品は色や視覚にとても敏感で、川端康成の『雪国』などはその代表的な例だ。暗いトンネルを過ぎると目の前に広がる真っ白な雪の国。その視覚的な印象が物語を最後まで引っ張ってゆく。

日本語は観念語より表象語が豊富だ。季語は日本人の言語生活において欠かせない。季語辞典を見れば視覚的な語彙がいくらでも出てくる。

色に対する日本人の感覚に舌を巻いたことがある。著作権の切れた小説や詩やエッセイが無料で読める青空文庫を電子書籍リーダーで読もうとした時のことだ。電子書籍の背景色やフォントの色を指定するのに、種類がそれぞれ百四、五十種類もあって組み合わせは約二万種類にもなる。杜若《かきつばた》色（群青色に近い紫色）の背景に鶸《ひわ》色（黄色みの強い黄緑色）のフォントで本を読むというふうだ。白黒の本を読む時とは味わいがまったく違う。同じピンクでも朱鷺《とき》色、躑躅《つつじ》色、桜色、紅色、珊瑚《さんご》色、紅梅《こうばい》色、桃色と、さまざまな名前がついている。色の分類と名前が繊細で楽しい。

私は作品を翻訳する時、単語を別の単語に移すというより、一つの場面を絵として理解して訳す。その瞬間と完全に同化したいからだ。単語と単語、文章と文章を突き合わせて読むのはその後だ。最初の印象がいちばん大切で、その雰囲気を直感的に訳すためにはイメージが重要だから、私はなるべく翻訳前に本を読まず、絵を初めて見た時のような気持ちで本に没入する。絵画を鑑賞する時、二度、三度と見た時よりも初めて見た時に最も多くの刺激を受けるのと同じだ。言葉の綿密な確認作業は再校か三校で行う。

逆に、著者についてはできるだけの知識を得ておく。著者について記事が出ている雑誌があれば、すべて買って読む。特に写真を見るのが好きだ。悲しげな目をしているのか、あるいはいたずらっぽい目か。眉毛は濃いか。眼鏡をかけているか。鼻の形は、背丈は、体格はどうだ。家は一軒家か、マンションか。家の構造はどうなっているのか。仕事部屋があるなら、どんなふうか。机は座り机か。性的指向はどうだ。結婚しているか。子供はいるか。どんな友達がいるのか。どんな酒や食べ物が好きか。周囲の評判はどうだ。豪快な人か。どんな作家が好きか。どんな作家が嫌いか。どんな子供時代を過ごしたのか。どんな地域に住んでいたのか。旅行は好きか。そんな細かいことを調べる。翻訳しようとする作家のイメージを頭の中に正確に入れたいからだ。

余裕があれば、その人の住んでいたところまで行って近所を歩いたりお茶を飲んだり本屋をのぞいたり、公園のブランコに乗ったりする。そうすれば私の中で著者の像がくっきりして安心する。

本格的な作業は、ひととおり訳した後に始まる。焼き物なら、まだ素焼きの状態だ。私は作家もストーリーも文体も知っている。つまり、この本に関するすべてを把握している。その状態でしばらく時間を置く。一、二週間ほど。すると、素焼きの器が乾いて固くなる。

それからまた作業にかかる。今度はみっちりと単語対単語、ニュアンス対ニュアンスの対決だ。これはコンピューターの前ではなく、原稿をプリントして見る。わずかに黄色みがかった白色のA４用紙一枚に二ページが入るように印刷する。そんな小さな字を読んだら目が悪くなると小言を言う友達もいるけれど、そうしてこそ本になった時にページを開くのと同じように読むことができる。インターネットは必須道具だ。言葉の意味がはっきりわからなければ、必ずグーグルやヤフージャパンで画像を検索する。言葉でだけ見た時とは全然別の感じがする場合もある。細かい検証の時間だ。

私がいちばん好きなのは、編集者や校正者が原稿に入れた赤字を見る時だ。その作業がいちばんいやだと言う翻訳家もいる。他の人が自分の書いたものにバツ印をつけるみたいだからだそうだ。でも私はほんとうに、その時がいちばん楽しい。まるで自分ではなく他人の訳を読んでいるみたいな気分になれる。ああ、この部分はこんなふうに直すこともできるのか。ここは私が間違えていた。非文を書いてしまったな。いや、ここは私の訳が合っている、そのほうがずっといい。そんな交歓の時間が楽しい。

著者が生きていれば、直接手紙を送って質問したり意見を交換したりする。それも楽しいプロセスだ。

編集者が送ってくるゲラも含めて二十回近く原稿を読んでいるうちに、本の刊行日が近づいてくる。陣痛が始まるのだ。あんなに見直したのに、まだ誤字が見つかる。自分の子供が傷を持って生まれるのは、こんな気分だろうか。初版が売り切れた時は幸福だ。子供の傷をきれいに治療することができるから。再版を出すと言われれば、またじっくり読んで誤字を訂正する。

そんな仕事だ。

곧 오겠노라 그대는 말했지만 늦가을 긴긴

밤을 지새우다 지새는달 보네

いま来《こ》むと いひしばかりに 長月《ながつき》の

有明けの月を 待ちいでつるかな

来ると言ったあなたが来ないから陰暦九月の長い夜を

待ち明かしているうちに月が出てしまいましたよ。

素性法師『古今和歌集』

待つことの美学

私たちは人生でどれほどの時間を待つことに費やすのか。電車を、友人を、知らせを、季節を、恋を待って……。待ちながら夜を明かし、夜明けの月まで眺めてしまう。「有明けの月を待ちいでつる」というのは、待っていた人が来なかったということだろう。しかし、いくら夜が長くても日は昇るし朝は来る。問題は待つ間、どうすればくじけずに過ごせるかということだ。

書く人は常に待っている。いいアイデアや素材の訪れを。無理に探して得られるものではない。自分の中で考えが育ち根を下ろして文章になるには時間が必要だ。それは実が熟すのを待つことに似ている。

今日は、仕事場をシェアしているチェウォンがつらそうだ。ある本の訳者あとがきを書いているのだが、締めくくりの言葉が思い浮かばないという。そんな時は、何時間もぼんやりコンピューターとにらめっこしていても仕方がない。ちょっと外を歩いてみたら、と勧めた。時には新鮮な空気を吸って何も考えずに歩くのがいい。運動靴を履いて一歩一歩軽やかに歩くだけでも考えがまとまり、頭がはっきりして嘘みたいにいい考えが浮かぶ。散歩はアイデアを迎えに行くのに最も良い方法だ。

何年待っても訪れてくれない知らせもある。私は七、八年前から小説をコンクールに出し続けてきた。毎年同じ素材を扱った作品に少しずつ磨きをかけて、今年こそは、今年こそはと思いながら出すのだが毎回駄目だ。他の話を書いてみようかとも思ったけれど、この話を終えなければ他の話も書けない気がした。それで、同じ素材で主人公を変えたりプロットを変えたりタイトルを変えたりしながら書き直している。

いつかどこかの出版社から待ち望んでいた連絡が来れば世に出るだろうが、そうでなければその話は永遠に埋もれてしまう。まるで最初から存在していなかったように。私は今日も待つ。あなたが温めてきた物語を、うちで出しましょうという知らせを。

夏の夜は短いけれど、晩秋の夜は長く感じられる。しかしずっと待っていれば季節の変化などどうでもよくなり、いっそう粘り強く待てるようになる。耐性ができて待つことが上手になる。待ちながら自分を練磨する。他のことに対してもそうした力がつく。今日も明日も待つだろうが、不幸だと思ったり焦ったりはしないでおこう。

기쁨과 슬픔 둘은 모두 똑같은 마음일지니
눈물 흐르는 데는 서로 구별이 없네

うれしきも うきも心は ひとつにて
わかれぬ物は 涙なりけり

うれしさも悲しさも同じ心で感じるものですが、その区別を曖昧にするのは、うれしくても悲しくても流れる涙です。

詠み人知らず『後撰和歌集』

泣き笑い

映画『2人のローマ教皇』の中で、新たに選ばれたベルゴリオ・フランシスコ教皇が人々の前に姿を現わす直前、こう祈る場面が印象的だった。
「主よ。もし私が涙を流さなければならないなら、悲しみの涙ではなく喜びの涙を流すようにしてください」

その昔、名前のわからない日本の歌人も、同じ気持ちでこの和歌を詠んだのだろう。栄光の勝利も悲しみを踏み越えて来る。別れがつらいのも、過ぎた日があまりにも美しかったせいだ。まったく違う性質に見えるものが、実は緊密にくっついている。どれが喜びでどれが悲しみなのか、正確に分けることはできない。人生とはそんなものだ。

唯一出版された私の小説のタイトルは『蚊の少女』という。九歳の少女が蚊になって、事情のある虫たちと不思議な旅に出るという長篇童話だ。この小説はいろいろなコンクールで苦杯をなめた後、アニメのシナリオに書き直して賞をもらった。本が出たのはその後だ。とにかくシナリオコンクールの授賞式に出た私は賞と花束を受け取り、受賞の感想を述べるためにマイクの前に立った。

「私がこの話を書いたのは……一人で屋上部屋に住んでいる時に入ってきた一匹の蚊のおかげです。寂しく、退屈だったその時……（ここで私は泣き出した）私を訪ねてきてくれた蚊や（おんおん）、蜘蛛や（うおおん）、ゴキブリ（うおおおおんおん）……にこの栄誉を捧げます」

爆笑が起こった。泣いていた私もつられて笑った。蚊や蜘蛛やゴキブリに栄誉を捧げて涙を流す日が来るとは思ってもみなかった。もちろんうれしかったのだけれど、ただうれしかっただけではなく、ちょっと悲しかったような気もする。蚊と神経戦を繰り広げながら夢中になって書いていたあの時は、もう永久に取り戻せないのだ。

授賞式の会場を出ると、知らない人が近づいてきた。「受賞の言葉を聞いて感動しました。私もちょっと涙が出ましたよ」。人間はどうして泣くのだろう。何が心を動かすのだろう。私はいつもそう考えながら今日も小説の素材を探す。

世の中は何でも、明確にこれはこうだ、あれはああだと断定することが難しい。それが世を生きる妙味でもあるのだろうが。今年も暖かくなって、すでに昆虫軍団が活動を始めた。毎年、頭を悩ませる問題だ。殺すべきか、生かすべきか。

겨울나기에 멍하니 바라보던 가지 사이로
꽃 피어난 것처럼 눈 내리고 있구나

冬こもり 思ひかけぬを 木《こ》の間《ま》より
花と見るまで 雪ぞ降りける

すべてが冬ごもりをしている時に、思いがけなく
木の間から花が散るみたいに雪が降ってきた。

紀貫之『古今和歌集』

あの冬のコヨ書肆

雪が降るたび思い出す本屋がある。道を歩いていて白い雪が舞い始めると、私の足は解放村《ヘバンチョン》（ソウルの南山《ナムサン》南側にある古い住宅街。日本の植民地支配から解放された一九四五年以後、海外から戻ってきた人や北に帰れなくなった人たちが住み着いたことからそう呼ばれる）の文学書店〈コヨ書肆《ソサ》〉（〈静かな書店〉の意）に向かう。黄色い電灯のついた書店で、座って格子窓から雪の降る景色を眺めるのが好きだからだ。静かな旅人のような雪と、詩や小説とに囲まれて、気に入った本を買って読む。冬には小さな

かごにミカンが盛ってある。分け合って食べてください。オーナーの性格がそのまま表れた手書きの文字にもほっこりさせられる。

「静かな世界をどうぞ」

初めて来た時、私はこの書店を象徴するこの言葉に魅了された。静かな世界を与えてくれる書店。そんな場所が存在していると思っただけでも幸せになれるではないか。私は本を買うお客さんとして訪れ、さらに朗読会を聞きに行ったり、朗読会を開いたりして自分の好きな場所に自分を置いた。好きな空間に身を置く。それだけで人生は大きく変わる。人も動物も、場所の影響を受けるものだ。

机を囲んで七、八人ほどが座った。ある年の十二月の夕方だ。その年はいつになく雪がたくさん降ったことを覚えている。私が日本のエッセイを選んで訳した『悲しい人間』というアンソロジーが出た時だ。いつも驚くほど素敵な企画をするオーナーの提案で、「エッセイの間を歩く」という講義をすることになり、本に収録したエッセイを読んだり、日本の作家の系譜を紹介したりした。たとえば、夏目漱石と正岡子規が親友で、二人の出会いが俳句や小説を飛躍的に発展させたというような話だ。

私と一緒に日本のエッセイの間を歩くために、いろんなところから解放村の急な坂道を上がって書店に集まった人たちは、純粋で美しかった。私は講義するのが初めてだったので夕食が喉を通らないほど緊張したけれど、チリリンというベルの音とともに雪を払いながら入って来る人たちの顔を見て安心した。松島《ソンド》からわざわざ来てくれた学校の先生、日本から一時帰国している人、画家、会社員など、いろいろな人が集まった。

「今日は一緒に俳句を作ってみましょう」

みんな困り顔になった。え、そんなことをしに来たんじゃないのに。ただ、日本文学の話を聞きに来たんですが。実際にそう言う人もいたし、口には出さなくても、全員がそんな表情をしていた。

「ええ、そんな顔をなさると思ってました。だけど、文学でも何でも、自分でやってみるといちばんよくわかるし面白いんですよ。やってみましょう。私も作ってみます」

その日、私が提示した季語は〈越冬《キョウルナギ》〉（겨울나기）だった。十七文字の世界一短い詩、俳句には必ず季語が入る。今、この季節に囲まれた自分の心情や状態を率直に詠むのだ。短い一句に、その瞬間の自分の存在すべてが凝縮される。人によって見方も感じ方も違う、その瞬間が美しい。

「〈冬こもり〉（中世になると濁点がついて〈冬ごもり〉になる）は、寒い冬に暖かい場所で身をすくめて春の訪れを待つことです。〈こもり〉は、かごに入った子猫みたいに入って出てこないということですが、韓国語に適当な単語がないから、〈越冬〉としました。五七五の最後の五音節は『越冬よ』に決めておきます」

紀貫之は、部屋にこもって窓の外を見ると、凍えた木の間から雪が花のように降っていたという愛らしい和歌を詠んだ。ココ書肆でも、みんなうつむいて俳句をひねっている。店内ではストーブの炎が温かい。窓の外には雪が降っている。

고요한 서사 눈보라 속 따순 빛 겨울나기여
(静かな書店 吹雪の中の温かい光 越冬よ)
(日本語訳は五七五には収まらないので大意だけを示す)

私はそんな俳句を作った。いいかな? わからない。ちょっとありきたりかも。でも、いいや。今いる場所。今の私の気持ち。それで充分だ。一人ずつ順番に発表してもらったら、みんな驚くほど素敵な俳句を作った。あれ、さっきまでいやだと言っていたのに。グレーのニットを着た男性が詠む。

까진 귤껍질 할머니 주름 같은 겨울나기여
(むいたミカンの皮が 祖母のしわにも似た 越冬よ)

私たちは一斉に机の上にあるミカンの皮を見た。ほんとうにおばあさんの顔のしわみたいだね。おばあちゃんを思い出すな。この人もおばあちゃんと一緒に布団に潜ってミカンを食べた思い出を持っているだろうか。大きな目の女性が詠む。

지하 주차장 차 밑 고양이 한 쌍 겨울나기여
(地下駐車場 車の下に一つがいの猫 越冬よ)

私は思わず泣きそうになった。その夜、私はそうして冬を越した。

오구라산의 산봉우리 단풍아 마음 있다면
조금만 더 그대로 지지 말고 있어다오

小《を》倉《ぐら》山《やま》 岑《みね》のもみぢば 心あらば
今ひとたびの みゆき待たなん

小倉山の峰の紅葉よ、もし心があるならば、
また天皇が来られるまで散らずに待っていておくれ。

藤原忠平『拾遺和歌集』

パソコンこ

太宰治の初期作に「雀こ」という小品がある。村の子供たちが遊びの中で寺の子供をそれとなくのけ者にするという話で、最初から最後まで津軽弁で書かれている。四百字詰原稿用紙三、四枚の短い作品だが、訳すのに方言で苦労した。特に、タイトルの〈こ〉が何のことだか皆目わからない。疑問が解けたのは津軽旅行の時だ。津軽生まれだという〈太宰治疎開の家〉館長白川公視《ひろし》さんに聞くと、こんな返事が返ってきた。

「ああ、それは津軽の言葉です。津軽の人は何でも自分がかわいいと思うものに〈こ〉をつけるんです。雨を〈雨こ〉と言い、花を〈花こ〉というふうに。毎日使う机は〈机こ〉、歩く床は〈床こ〉です。自分が気にしていて、情が湧くものにつける愛称みたいなものですよ」

日本語の〈こ〉は〈子〉だ。雀やウサギのような動物は子供がいるからいいとしても、雨や机まで〈こ〉をつけて呼ぶとは。生物であれ無生物であれ魂が宿ると信じる日本人らしい表現だと思った。猫も〈寝子〉から来ているという俗説がある。すやすや眠る子供を見るような気持ちで猫を愛したのだろうか。

この和歌は、小倉山の紅葉があまりに美しいから天皇にご覧いただきたいという気持ちが込められている。紅葉よ、もしお前に心があるならば、もう少し散らないで待っておくれ。そんな和歌だ。きっと藤原忠平も、愛らしい子供を見るような気持ちで紅葉を眺めていたのだろう。

最近私が最も大切にしている子は……朝から晩まで一緒に過ごす、このパソコンこ（どうか、いつまでも一緒にいておくれ）。今、キーボードを打っているこの小さなノートパソコンに小さな妖精のような魂が宿り始めたと想像してみる（はは、ちょっと仕事が楽しくなるね）。私は毎日そうして身の周りの生物や無生物と心を通わせながら暮らしている。

나의 마음은 몸 버리고 어디로 가버린 걸까
생각대로 안 되는 마음이로구나

身を捨てて ゆきやしにけむ 思ふより
ほかなるものは 心なりけり

私の心が身体を捨ててどこかに行ってしまったのでしょうか。
思うようにならないのが心というものなのです。

凡河内躬恒『古今和歌集』

家出

心は時々家出する。自分の心が家出した時、私は実際に大きなトランクを持って家を出た。遊びに行こうという心の声を聞いたのは、それが初めてだった。

私は長い間、素直ないい子だった。独立心などこれっぽっちもなかった。高校生の時、同じクラスの子が二、三日家出したのを見て、内心ひどく驚いた。大学生の家庭教師の先生と恋愛しているのがばれて、反対するお母さんに反発して旅行してきたと言った。

うわあ、すごい。家出だなんて。家庭教師と恋愛するなんて。本を読んで想像していたようなことだ。制服に包まれた私の心は、土に埋まった石ころよりおとなしかった。石ころはじっとしたまま夢ばかり見ていた。

おとなになった。食べてゆく道を探した。恋愛をした。お酒を飲んだ。旅に出た。しかしそれは逸脱ではなかった。こんなに従順なままで終わるのだろうか。

結婚して子供を産み家庭を持って責任感のあるおとなになって社会に貢献……。ちょっ、ちょっと待てよ。私もかつては良妻賢母（?!）を夢見ていた。でも、何か違う気がした。思い切り好きなことをやってみたい。気の向くまま、足の向くまま放浪してみたい。土の中に埋まっていた石ころが、突然飛び出して揺れ動いた。

会社を辞めた。荷物を詰めた。積み立て預金を解約した。飛行機のチケットを買った。日本で下宿を探した。雨が降った後に新芽が出るみたいに、私は一人で知らない場所に行って伸びをした。生まれて初めて自由を満喫した。独立。私を生み育ててくれた人たちや社会から離れた。それが始まりだった。石ころだと思っていた心が、どこに伸びてゆくかわからない木の種であったことに、ようやく気づいた。

心がばりばりと裂けてゆく。心が揺れ、身体を飛び出そうとする、その時が人生で最も大切な瞬間だ。人によって形や時期は違っても、誰にでもそんな瞬間が訪れる。自分で自分を形成する時が。私の心は身体を捨ててどこに行ってしまったのだろう。そんな和歌が口をついて出るほど心がからっぽになった時。人生で新しい局面を迎えた瞬間だ。ため息ばかりついていないで、家出した心を探しに、さっさと身体を動かすべきだ。普通はそんな時、それまで持っていたものをすべて捨てていかなければならない。それは難しく、勇気を必要とする。

だが、いくら引き留めようとしても、すでに離れた心を引き戻すことはできない。心は思いどおりにならないものだから、身体が追いかけてゆくほかはないのだ。心が家出した身体は、すぐにさびつく。蜘蛛の巣がかかる。廃屋になる。ちょっと押しただけで崩れてしまう。だから心が家出した時には、けっして見て見ぬふりをしてはいけない。

三章

孤独を応援します

길게 늘어진 숲속의 산꿩 꼬리 기나긴 꼬리
긴긴밤을 그리며 나 홀로 뒤척일까

葦引《あしひき》の 山鳥《やまどり》の尾の しだり尾の
長々《ながなが》し夜を ひとりかも寝む

長く垂れ下がった雉《きじ》の尾のように長い夜を、
私は恋しい思いを抱いたまま独りで過ごすのだろうか。

柿本人麻呂『拾遺和歌集』

美しい孤独

去年の春、千葉に住む作家若竹千佐子さんの家に遊びに行った。小説を翻訳したのが縁で知り合った。六十三歳で発表したデビュー作『おらおらでひとりいぐも』が芥川賞を受賞して話題になった人だ。

韓国で翻訳書が出る時、若竹さんを迎えて出版記念会をすることになり、編集者と一緒に仁川《インチョン》空港に出迎えに行った。堅苦しい人だったらどうしようという心配とは裏腹に、若竹さんは挨拶が済むやいなや、「チサちゃん」と呼んでくれと言った。さすがにちゃん付けでは呼びづらいから先生と呼ぶと、そのたびに「シュンちゃん、お願いだからチサちゃんと呼んで」と言う。その日、編集者のチへは「チェッちゃん」、日本の編集者竹花さんは「タケちゃん」になり、四人で夜遅くまで豚足をつまみにマッコリを飲んだ。

その日のことが忘れられなくて、今度は私がチサちゃんの家に行った。チサちゃんは東京からバスで一時間ほどの木更津に一人で暮らしていた。停留所でバスを降りると、満面の笑みを浮かべて手を振る人がいた。チサちゃんだ。私に気づいて、シュンちゃん！　と言うから、私も思わず奥歯が見えるほど大きな口を開けて笑った。

私たちはチサちゃんの赤紫色の小さな自家用車で家に向かった。海は見えなかったけれど、窓を開けると潮の香りが漂ってきた。夕暮れの空には綿のような雲がピンクのグラデーションに染まっていた。

古い二階建て。『おらおらでひとりいぐも』の桃子さんが住んでいそうな家だ。ストーブで暖められた居間では、餅入りぜんざい、鯛の煮つけ、刺身といった心づくしの食べ物がテーブルに並んでいた。ソウルに来た時、私の母がチサちゃんを食事に招待したのだが、その時ご馳走になったおいしいキムチやジョンやナムルに比べたら見劣りがすると言う。とんでもない！　母より二歳下のチサちゃんは、韓国の主婦が料理上手なことに驚いていたようだ（え、この白菜や大根やカラシ菜のキムチ、シュンちゃんのお母さんが漬けたの?!）。でも私は、チサちゃんが醤油で薄味に煮た鯛の味が忘れられない。

春の夜が更け、私たちは夢見心地でお酒を飲んだ。ほろ酔いで顔が赤くなったチサちゃんが古いカレンダーを持ってきた。子供の頃、祖母の家で見たような大きなカレンダーだ。馬の蹄《ひづめ》みたいに黒く太い数字が印刷されたカレンダーの裏面に、次の作品についての構想が、鉛筆のきれいな字で書かれていた。

「私はこんなふうに、思いついたことを大きな字で書くのが好き。今は頭に浮かぶものを全部書いてる。ものを書かなかったら、私はとても寂しかったと思う」

そう言うと、窓の外の闇に優しい目を向け、この和歌をそらんじた。

「葦引の山鳥の尾のしだり尾の……ほんと、夜が長いと時間が長い。どんどん長くなる。すると昔のことや、いなくなった人のことも思い出す。長々し夜をひとりかも寝む……シュンちゃん、人生って孤独ね。こんな年になったのに、どうして夜がこんなに寂しいのかな」

その夜、私は独立した娘さんが使っていた二階の小さな部屋で寝た。落ち着かなかった。チサちゃんの寂しそうな姿が自分の将来のような気もしたし、すべての人がそうであるような気もした。人間はそれぞれ眠れない長い夜を過ごして、独りで歩くんだ。そんな悲しい動物なんだ。

孤独なチサちゃんは今も日当たりのいい居間のテーブルで、古いカレンダーの裏に自分の話を書いているだろう。長い夜を独りで耐えてきたチサちゃんの話は、二作目で読めるはずだ。

皆さんもへこたれずに一歩一歩進んでいってください。あなたの孤独を応援しています。

어중간하게 인간으로 살기보단 술독이 되어
오롯이 술과 함께 나는 살고 싶어라

なかなかに 人とあらずは 酒壺《さかつぼ》に
成りにてしかも 酒に染《し》みなむ

中途半端に人間でいるより、いっそ酒壺になって
体に酒を染みこませたいよ。

大伴旅人『万葉集』

酒壺になりたい

おや、何ですって。人間をやめて酒壺になりたい？　今風に言えば、「あのね、あたし、焼酎がだーい好き。なまじっか人間として暮らすぐらいなら、いっそこの緑色の瓶になりたい。そしたら一日中何もしないでいいでしょ」とつぶやくようなものだ。そうなったら、あなた、もう立派な依存症ですよ。アルコール依存症。

そんなことを思いつつ腕組みをして読んでいると、ふと、待てよ、自分が将来こんなふうにならないと

も限らないぞという気がしてきた。実際、冷蔵庫の中で冷えながら私を待ってくれている緑色のかわいい瓶が、旧友のように思えることがある。静かな山奥の宿でお酒を飲んでいる時など、まだ残っていると思っていたのに冷蔵庫のドアを開けて緑色の友がいないとわかったら、ひどく落胆してしまう。近くにはスーパーもない。そんな時には寝つけなくなる。

日本の韓国式飲み屋にも、緑色の瓶の焼酎はたいてい置いてある。しかし変なのは、日本の友人たちが焼酎を水で割って飲むことだ。ウイスキーみたいに氷の入ったグラスに入れて水で薄めたり、寒い季節にはお湯割りにしたりする。味見してみたけれど、水っぽくてどうにもいただけない。違う、これは私の知っている友達の味とは違う。

奈良時代に、中途半端に人間として生きるよりいっそ酒壺になりたいと歌った大伴旅人《おおとものたびと》は、実のところ遊び人ではなく、大納言にまで昇格した高官だった。しかし優秀な人が牽制されがちなのは昔も今も変わらない。彼もまた奈良の都を追われ、遠い大宰府に左遷されてしまった（栄転という説もある）。着任してまもなく愛する妻が世を去り、道連れは酒しかなくなった時、旅人は〈酒を讃《ほ》むる歌〉十三首を詠んだ。

人間に愛想をつかし、あれもこれもいやになって酒に親しむ姿に人間的な弱さが見える。そしてそんな弱さが人間を人間らしく見せるのだろう。悲しいから人間をやめて酒壺になろうだなんて、かわいいじゃないか。旅人の歌をもう少し見てみよう。

잘난 체하며 주절대기보다는 술이나 먹고 눈물 펑펑 쏟는 게 훨씬 낫지 않은가

賢《さか》しみと物言ふよりは酒飲みて酔《ゑ》ひ泣きするしまさりたるらし

（賢いふりをしてものを言うより、酔っ払って泣くほうがよっぽどましに違いない）

보기 싫어라 똑똑한 얼굴하고 술 안 마시는 사람을 꿰어보면 원숭이를 닮았다

あな醜《みにく》賢《さか》しらをすと酒飲まぬ人をよく見ば猿にかも似む

（ああ醜い。賢いふりをして酒を飲まない人をよく見ると猿に似ている）

세상의 놀이 그중에서도 가장 산뜻한 것은 술에 취해 서럽게 우는 것이라 하네

世の中の遊びの道に愉《たの》しきは酔《ゑ》い泣きするにあるべくあるらし

（世の中の遊びの中で一番楽しいのは酔って泣くことらしい）

이번 생에서 즐거울 수 있다면 다음 생에는 벌레든 새든 뭐든 나는 모두 되리라

この世にし楽しくあらば来《こ》む世には虫に鳥にも我はなりなむ
（今の世で楽しく暮らせるなら、来世は虫や鳥になっても構わない）

산 자는 결국 죽은 자가 되는 법 이 세상에서 살아 있는 동안은 즐거이 살고파라

生けるもの遂《つひ》にも死ぬるものにあればこの世なる間《ま》は楽しくをあらな
（生ある者はいずれ死ぬのだから、せめてこの世では楽しく過ごしたいものだ）

なんと愉快で潔い歌風だろう。飲んべえなら誰でも旅人の歌に共感し、喜ぶはずだ。感じたことを誰はばかることなく言い放つ旅人の和歌に、私は解放感を覚える。生きている間は楽しく笑ったり悲しく泣いたりして過ごす。それ以上に良いことがあるものか。

旅人の和歌は唐の李白の五言古詩「月下独酌」、酔っぱらいのカーニバルを描いたフランソワ・ラブレーの『ガルガンチュワとパンタグリュエル』、酔っぱらって泣きべそをかく太宰治の『人間失格』と同一線上にある。人類の歴史には、人間に生まれて人間の本能を享受し人間らしく生きようと主張する人々が常に存在した。戦争や国家などが人間を抑圧するたび、そんな人々が現れた。人間の本性を抑えられることに反発したのだ。

まあ、私などはただゆったり飲みたいだけだが。気の置けない人と、どうでもいい話やどうでもよくない話をしながらグラスをぶつける時の澄んだ音が好きだ。ずっとずっと飲んでいたいから、唇を湿らす程度に飲んでグラスを置く。寒い日には焚き火に当たる気分で一滴のアルコールを心臓にふりかける。そんな夜（時には昼間も）、私は生きていることが、とてつもなくうれしい。

誰も私からこの楽しみを奪えはしない！　いや、いる。いるよな。私からその幸福を奪える奴が、一つだけ存在する。私の肝臓だ。どうか末永く私と一緒に元気でいておくれ。私も君を大事にするから、どうか私を見捨てないで。

가을바람은 어떠한 색이기에 이리도 몸에
절절히 스미도록 슬프고도 슬픈지

秋ふくは いかなる色の 風なれば
身にしむばかり あはれなるらん

こんなに身にしみて悲しいなんて、秋の風はいったいどのような色の風なのだろう。

和泉式部『詞花和歌集』

風が吹く

風に色があるだろうか。今朝、窓を開けると薄紫の風が吹いていた。楽しみな約束のある日だから。昨夜、あなたと別れる時に吹いていた風は、誰も知らない深海の色だった。この感覚を何と規定するべきか、自分でもわからない。おいしいものを食べればレンギョウ色の風が鼻先をくすぐる。何も知らなかった幼い頃に戻ったみたいに、ただただ幸せだ。ワカメスープを作っている今、私の部屋は海草色に満ちている。

こんなふうに目に見えないもの、食べられないもの、触れられないものを言葉に変換したものを、私たちは詩と呼ぶ。例えば、奇亨度《キヒョンド》（一九六〇～一九八九）の詩「口の中の黒い葉」。

あのことが起きた時　私は遠い地方にいて
ほこりっぽい部屋で本を読んでいた
ドアを開けると野原に霧が立ち込めていた
その年の夏　地面は本と黒い葉をずるずる引きずって回った

（……）

ここは初めて通る野原と黄昏
口の中にくっついて取れない黒い葉が　私は怖い

口の中にこびりついた黒い葉。言えないこと。言ってはならないこと。しかしずっと口の中にある言葉。詩人にとって言葉は黒い葉の色だった。

私は潮風を浴びながら咲いた椿の花の色をした人を知っている。彼女は会うたびに何かを熱烈に愛していて何かに興奮しているけれど、常にある線で落ち着きを維持している。彼女の内面で人知れず湧きあがろうとしている感情のバランスを保つための綱引きが、なぜか椿の花のようだ。

また、三十年日照り続きで乾いた川床の色をした人も知っている。彼は自分の考えだけを信じて誰の助言も聞こうとしないけれど、切実に雨を待つ農民の気持ちで人を待っているらしい。乾燥した彼の心に少しでも水を撒《ま》いてあげたくて、時々呼び出してお酒を飲む。

どんな色でも構わない。色は多彩なほどいい。最もいやなのはすべてが同じ色、似たような色で塗られた世の中だ。一千個のかけらがすべて黄色だったら、あるいは黒だったら、私は無理にでも千一番目の青か、千一番目の白になろう。世を救うにはそうするほかはないと、なぜか信じている。

따분합니다 사람을 그리다가 원망하다가
속절없는 세상에 근심하는 내 모습

人も愛《お》し 人も恨《うら》めし あぢきなく
世を思ふゆゑに もの思ふ身は

人間がいとしくもあり、恨めしくもある。
世の中を思うせいで悩む私は。

後鳥羽院『続後撰和歌集』

好きになったり 嫌いになったり

人が恋しいのです。でも同時に人が恨めしいのです。私はどうしてこんなふうなんでしょう。そうした相反する感情に片足ずつ突っ込んで生きるのが、人間ではありませんか。

私も御多分に洩《も》れず、昨年カカオトークを一度脱退したのに、また加入してしまった。チャッティングルームで家族や友達と一日中つながっているのがうっとうしかった。リアルタイムで寂しさをぶちまける友人たちに対して、私はあんたの感情のゴミ箱じゃないよ！　と叫びたかった。

知りたくもない情報、写真、動画を見るのが面倒だった。思わず不用意なことを書いて相手を傷つけることもあった。だから思い切って脱退した。最初はとても自由になった気がしたのに、ある時から物足りなくなってきた。私は一人でいても平気な、強い人間だと思っていたのだけれど。人が恋しい。孤立したくない。だからまたアプリをインストールした。まったく困ったものだ。

日本に探偵小説の礎を築いた江戸川乱歩も同じように悩んでいた。大正末期の東京は全国から上京する人で人口が爆発的に増加して、田舎から出てきたのに職につけない人がおおぜいいた。誰もが人の波にうんざりしながらも、騒々しい都会で暮らしたい、静かな田舎に取り残されたくはないと思っていた。江戸川乱歩はそんな人々の心理を描いた。

乱歩の小説の登場人物は、みんな都会の片隅に潜んでいる。下宿屋の屋根裏を散歩し、くたびれた本でいっぱいの古本屋の中に逃げ込む。「人間椅子」という短篇は、世の中に幻滅した男が自分の作った椅子の中に入って暮らすという話だ。昔なら俗世を離れて寺に入るところだが、この男は都会から自分の痕跡を消してしまいたくないために椅子の中に隠れるという奇妙な行動を取る。私などは人の世を憎んだり恋しがったりして、カカオトークのアプリを消去したりまたインストールしたりする。

この和歌には、没落した上皇の苦悩が歌われている。平安時代まで天皇や上皇には莫大な権力があったけれど、鎌倉に幕府ができると、やがてその前に膝を屈することとなった。作者は四歳で即位して後鳥羽天皇となり、十九歳で譲位した後は上皇として院政を敷いた。鎌倉幕府打倒を目指した後鳥羽上皇は御家人の協力を得て挙兵（承久の乱）したものの、敗北して隠岐《おき》に流された。

以後、明治政府ができるまで武士の世が続く。天下を牛耳っていた上皇は世の無常を感じただろう。余生を流刑地で過ごし孤独のうちに世を去った悲劇の上皇は、ひどく憎んだ人間が、たまらなく恋しかったはずだ。

산골 마을은 겨울 오면 더더욱 적막해지네
사람도 초목들도 발길을 끊으므로

山里は 冬ぞさびしさ まさりける
人目も草も かれぬと思へば

山里は冬になるといっそう寂しい。誰も訪ねてこないし
草木も枯れてしまうと思うと。

源宗于『古今和歌集』

屋上部屋のアリス

屋上部屋は冬になると殺伐としてくる。畳部屋なら、よけいにそうだ。外壁を段ボールで覆ったところで、骨身に沁みるような寒さは防ぎようがない。

私は上野公園北側の谷中霊園近くに屋上部屋を借りて住んでいた。若者の多い中野区から古い霊園のある地域に引っ越したのは、江戸川乱歩が好きだったからだ。彼は高台から谷中に行く団子坂で古本屋をやっていたことがある。その時の経験を生かした「D坂の殺人事件」は日本の探偵小説の嚆矢《こうし》ともい

うべき作品だ。団子坂の近くに〈コーヒー乱歩〉というカフェがあると聞いて谷中を訪れ、町の雰囲気にすっかり魅了されてしまった私は、翌日またその町に行き、カフェ近くの不動産屋に入った。

ご主人の森川さんは、私がソウルから来たと聞いて喜んだ。「十七か十八の時、母と一緒に板門店に行ったことがある。望遠鏡を覗くと、北朝鮮の軍人がすぐ目の前に見えたよ」。その時に森川さんが見た兵士が今どこにいるのかはわからないけれど、私と森川さんの間に江戸川乱歩や北朝鮮の軍人の幻が存在することが不思議だった。

森川さんは「じゃ、家を見に行きましょう」と言って店の横の自転車置き場に私を案内した。そこに停めてある数台の自転車のうち一台を私に貸してくれて自分も自転車に乗り、ついてこいと言う。不動産屋さんと一緒に自転車で家を見にいくとは。どんな家なのか、期待がふくらんだ。一車線道路を渡ると森川さんは左手を上げた。左に曲がって路地に入るぞという合図だ。住宅街、木造の幼稚園、広い芝生と小さな図書館の前を通り過ぎ、クリーニング屋の前で森川さんの自転車が止まった。私も止まった。

人が一人やっと入れるような狭い階段の入口に〈森川ビル〉という手書きの看板があった。森川さんは狭く急な階段を、這うようにして上った。私はその階段にちょっと面食らったものの、いざ最上階である四階に上がって屋上に通じるドアを開けた時には、「これだ!」と思った。町の風景が見渡せる、いちばん空に近い家。天に舞い上がるような気持ちだった。

屋上部屋のドアを開けると、床も天井もすべて木でできた廊下が現れた。廊下の片側は大きな窓の下に流し台が置かれた台所で、反対側にはトイレと浴室があった。そして廊下を過ぎて六畳の畳部屋に入ったとたん、私は思わず声を上げた。南側に大きな窓があり、北側のベランダは全面ガラスの開き戸だった。

心地よい風の吹く五月で、窓を開けると爽やかな風が南から北に抜けて髪を揺らし、閉め切っていた部屋の畳の匂いがほのかに漂った。壁はクリーム色の砂壁で、木の柱は長年磨かれてすべすべしていた。天井板には人の横顔を重ねたような年輪が見えていた。窓の外には青空があり、来るときに見た広い芝生が見えた。すべてが美しかった。

森川さんは『不思議の国のアリス』に登場するウサギがチョッキの中から懐中時計を出すみたいにスーツのポケットから方位磁石を出して、「ほら、南向きでしょ」と言った。私は方角などどうでもよかった。「こういう部屋に住みたかったんです！」

季節は巡り、冬が来た。いや、その前に汗をだくだく流しながら朝を迎えた夏があったけれど、冬の寒さに比べればたいしたことはなかった。一重ガラスの大きな窓が南に向いている畳部屋の冬は、この世で最も恐ろしいものの一つだ。涙が出るほど厳しい寒さを味わった。周りには風を防ぐ垣根もない。たった一人で野原に立っているみたいに寒くて寂しかった。

すべて自ら招いた結果だ。新しく買った分厚い布団の中で、靴下を二枚重ねにして眠りながら春を待った。

だが、もう一度あの時に帰ったとしても、私は狭く急な階段を這うように上ってあの部屋に住むだろう。山だろうが屋上だろうが、高くてわびしくて孤独なところにのみ訪れる冬がある。人間を極限に追い込む寒さがある。そして私はそんな寒さと孤独を、恐れながらも求めてしまう人間なのだ。

この和歌を詠んだ源宗于《みなもとのむねゆき》もそんな人だったのだろう。「山里は冬ぞさびしさまさりける」という歌には生き生きとしたリズムがある。まるでその苦労を楽しんでいるみたいに。私には今そんな時間が必要だと言っているみたいに。

真冬の寒さのような孤独は、時に人を自由にする。ひょっとすると私たちは、人生で一度ぐらいはそんな時間を味わってみるべきなのかもしれない。自分の自由の限界点のような時間を。

유라의 문을 건너가는 뱃사공 노를 잃었네
갈 곳 잃고 헤매는 사랑의 길이런가

由良《ゆら》の門《と》を 渡る舟人《ふなびと》 梶《かぢ》緒《を》絶《た》え
ゆくへも知らぬ 恋の道かな

由良の門を渡る舟の船頭が、櫓《ろ》の綱が切れて漂うように、
私の恋の道もどこへ向かうのかわからない。

曽禰好忠『新古今和歌集』

慰めのキムチジョン

その時マミ子は、ほんとうに櫓を失って漂っていた。なす術もなく荒波に翻弄されていて、どこに流れるのかわからなかった。その胸には五つになる娘のレイナがいた。マミ子はレイナを抱いて泣いた。私がマミ子の家に行ってチャプチェやトッポッキ、モヤシ入りのインスタントラーメンを作ってあげたら、マミ子は涙を拭いておいしそうに食べた。韓国の食べ物が大好きな子だ。

　大学院の文学の授業で出会ったマミ子は、詩人北

原白秋が好きだった。白秋の『邪宗門』（一九〇九）は退廃的な美しさと異国的な神秘を漂わせる詩集だ。そんな詩を好む人だったからか、マミ子の恋愛は波乱含みだった。イスラム文化に興味を持っていたマミ子はある日、東京のモスクでエジプトの男と知り合った。

「エジプトは一夫多妻制だから、それが自然なんじゃないの？」

「最初はしらを切っていた。自分はそんなんじゃないって。でも、レイナを産んで結婚してすぐ、他の女とつきあってたよ」

「ええっ！」

「問題は、離婚してくれないってこと。ビザのために。仕事もないし日本語も下手だし。婚姻ビザがなくなったら出国しないといけないのよ」

どうしてそんな奴と……と言ったところで、どうしようもない。それに、そんなふうに言ってしまえば、横ですやすや眠っているかわいいレイナを否定することになる。誰に対しても先入観や偏見を持たず勇敢に恋の海を渡ろうとして櫓を失ったマミ子は、うつ病にかかっていた。

「確かに夕方、炊飯器にご飯がたくさんあったのに朝起きたらからっぽになってるの。食べた覚えがないのにどんどん太る。変に思って病院に行ったら、うつ病の症状だって。夢遊病患者みたいに夜中に起きてご飯をがつがつ食べていたなんて……」

マミ子の海には濃い暗雲がかかっていた。私はこの母子が心配になった。いくらご飯を食べても満たされないほど心がからっぽになってしまったマミ子と、そんな母親に頼るしかないレイナ。そして娘をかわいがること以外、ほとんど何もしてくれないエジプト人の夫。マミ子は何とかして状況を打開しようとしながらも、自分の人生が二十代で完全に失敗してしまったと思っていた。

「何言うの。あたしの目には、マミ子が特別な人間に見えるよ。人がめったに持てないような純度の高い純粋さがある。それを守りとおす勇気もあるし。あたしは、すごくかっこいいと思う」

「ほんと？」

本心だった。嘘はこれっぽっちも交じっていない。それから私たちはキムチジョンを作って食べた。

この和歌の由良川（京都北部を流れる川。和歌山の由良川という説もある）は昔から流れの激しいことで有名だった。由良川が海に流れ込む河口が由良の門だ。川の水と海水の出合う潮目は大きな渦ができて船が揺れやすい。恋のために人生が揺らいでいる人を、由良の門で櫓の綱が切れて漂っている舟の船頭にたとえたものだ。

揺れていたマミ子は無事に由良の門を抜け、今は北海道で教師をしながら娘と二人で素敵な航海を続けている。もちろんレイナの父親とは離婚した。娘から父親を奪うみたいだと言って悩んでいたけれど、エジプトの父親に会いに行くかどうかは、レイナが成長してから自分で決めればいいことだ。

愛の航海はいつもゆらゆら。愛だけではなく、人生という旅そのものがゆらゆら揺れている。あまりに大きく揺れている時は、そばで見ていればわかる。誰かが櫓を失ったのも、じっと観察していればわかる。近くにそんな人がいたら、責めないで静かにトッポッキやチャプチェやキムチジョンを作ってあげよう。大きな波に呑まれてもがいている人は誰でも、慰めてもらう資格があるのだから。

늙음이란 게 찾아올 줄 알았다면 문을 잠그고
없다고 대답하며 만나지도 말 것을

老いらくの 来《こ》むと知りせば 門鎖《かどさ》して
なしとこたへて あはざらましを

もし老いが訪れると知っていたなら、私は門を閉ざして
「いませんよ」と居留守をつかっただろうに。

詠み人知らず『古今和歌集』

老い

母が還暦になった時、二人で北海道に旅行した。札幌で小型乗用車を借りて海岸道路を北西に走り、小樽と積丹《しゃこたん》半島の先にある神威《かむい》岬を見てから内陸に向かう。そしてニセコから登別温泉に寄った後、富良野のラベンダー畑を見るという一週間の旅程だった。

北海道西部の森と海、花畑と野原、広い大地を走った。果てしなく続く国道は時速六十キロに制限されているので景色を眺めながらゆっくりドライブで

きた。おかげで母とたくさん話をしたし、霧の立ち込める白樺の林でキタキツネに遭遇したりもした。道路で車の前に立ちはだかったキツネは、逃げようともせずに私たちの方をじっと見ていた。何か話しかけてきそうな、落ち着いた目をしていた。道路沿いには地域の特産品を売る小さな商店がところどころにあった。そこで買ったメロンを三日熟成させてから割るとホテルの部屋いっぱいに強烈な香りが広がって、二人で嘆声を上げた。

小樽から神威岬に続く海岸道路には小さなトンネルが一つあり、小型車がすれ違ってもサイドミラーがぶつかりそうなほど狭かった。後で知ったことには、元は捕獲した鯨を運搬するためのトンネルだったそうだ。死んだ鯨が通った道を走ってきたのだと思うと、妙な気がした。

トンネルを過ぎると海沿いの崖の上に宿が一つあって、私たちはそこに一晩泊まった。食堂、トイレ、洗面台は共同で、六畳部屋一つが提供された。部屋の海側の窓は床から天井まで全面ガラスになっており、夜には窓いっぱいに握りこぶしほどの星が、神秘的に思えるほど強く輝いていた。北海道の海辺の星は水平線のすぐ上から広がっていることを、その時に知った。近くの神威岬の〈カムイ〉がアイヌの言葉で神を意味しているだけあって、神聖な感じがした。夕食は宿のおばさんが地域の海産物で作ったおかずをたくさん並べてくれたので、お腹いっぱいになって星を見ながら眠りについた。

翌朝ドアを開けると、隣の部屋のドアが開けっ放しになっていて、何やら慌ただしかった。部屋の中に背中の曲がったおばあさんが座っており、息子らしき中年男性が宿のおばさん相手にしきりに謝っていた。おばさんが手を振って気にするなと言ってからその部屋の布団を持って出ていった後、男性はうろたえながらもぞうきんでせっせと掃除をしていた。

聞いてみると、昨夜、老母が布団で失敗した。母は最近では頭もぼんやりしてきたけれど、先も長くないので、ぜひこの風景を見せたいと思って旅行に連れ出した。久しぶりに海産物をたくさん食べたせいで迷惑をかけてしまったということだった。

お母さんと二人だけの旅らしいが、その母子は私たちより二十歳以上年上に見えた。私は何だか泣けてきた。部屋に戻ると、母はずっと気持ち良さそうに眠っていた。老いを避けることはできない。老いがドアをノックする音など気づきもせずに老いてゆくのだろう。ひっそりと。

この和歌は九一三年頃成立した『古今和歌集』に収められたもので、「昔ありける三人《みたり》の翁《おきな》のよめるとなむ」と書き添えられた三首のうちの一つだ。そんな遠い昔でも老いが訪れるのを嫌っていたぐらいだから、人類にとって老いは、昔も今も最も恐ろしい訪問客であるらしい。

母はもうすぐ七十になる。私もその旅行をした時から十歳年を取ったわけだ。老いはほんとうに気づかないうちにやってくる。旅行好きな母のために、遅くならないうちに地球のどこかの美しい場所を、また車で回る準備をしなければ。

그대 위하여 봄 들판으로 나가 어린 순 뜯네
나의 옷소매에는 눈송이 흩날리고

君がため 春の野にいでて 若菜摘む
わが衣手《ころもで》に 雪は降りつつ

あなたのために春の野に出て若菜を摘んでいると、
私の着物の袖に雪がしきりに降りかかります。

光孝天皇『古今和歌集』

若菜

「君がため」っていい表現だな。この和歌を口ずさんで思った。君のために苦労もいとわない姿はなんと美しいことか。誰か心に秘める人がいれば、そんな人がいない時よりは寂しくない。遠く離れていても、めったに会えなくても。

十年前、日本にいて遠距離恋愛をしていた時だ。ソウルと東京だからたいして遠くもないとはいえ、毎日のように会っていたのが年に数回しか会えなくなってとても寂しかった。会いに来てくれた彼が成田空港から帰国する時だ。涙をこらえて見送ろうとしている私に彼が言った。

「一人で家に帰ったら寂しいだろうと思って、部屋のあちこちに手紙を隠しておいた。全部で十通ある。宝探しのつもりで探せば寂しさが紛れるだろ。忘れるなよ、十通だ」

私は喜んで帰宅した。ベッドの下に一通くっついていた。愛する君に。流し台の下にもあった。今日もお疲れさま。エアコンの中からも出てきた。暑くなったのかな、この手紙を見つけるなんて。一人でご飯を食べ一人で洗濯し一人で本を読んで、時々思い出した時に小さな部屋のあちこちを探したのを覚えている。紙一枚にぎっしり文字が書かれた手紙を読んでいると寂しさが紛れて、ちょっと気が軽くなった。

この和歌を詠んだ親王（後の光孝天皇）も大切な誰かのために若菜を摘んでいる。雪に覆われた地面にしゃがみ、袖が濡れるのも気に留めず。春の扉の向こうで野草を採る後ろ姿が見えるようだ。肩に積もった春の雪も。若菜の雪を振り払い、この歌を書き記して誰かに送る。生命の気がいっぱいの野草を受け取ってください。今年一年、あなたが元気でいられるようお祈りいたします。そんな気持ちを込めた歌だ。

当時は初物の若菜を食べれば一年間病気をしないで過ごせるという俗説があった。若菜は弱そうに見えても、泉の湧き出す大地の気を受けて希望と意志に満ちているからだ。

誰かのために雪の降る野にしゃがんで若菜を摘む人。誰かのために部屋のあちこちに手紙を隠す人。そんな小さな真心で、私たちは生きている。楽しく生きている。ゆとりのない日々を送りながらも誰かのために小さな真心を表し、小さな詩を書くゆとりを持ちたい。

それはともかく、彼が隠した手紙は、その部屋を退居するまでに七枚しか見つからなかった。聞いてみたけれど、本人もどこに隠したか覚えていないと言う。残り三通は、まだ中野区野方《のがた》にあるあの部屋のどこかにくっついているのだろうか。いつか誰かがその手紙を発見して、その人がハングルを読めたなら、あるいはこの本を読んだなら（そんな偶然があるだろうか？）、どうか私に連絡してください。

여름밤에는 저녁이 오나 하면 벌써 밝아와
구름 너머 어디쯤 달 머물러 있을까

夏の夜《よ》は まだよひながら 明けぬるを
雲のいづこに 月やどるらむ

夏の夜は短い。宵だと思っているうちに夜が明けてしまった。
月は雲のどこに宿っているのだろう。

清原深養父『古今和歌集』

短い夜

見てごらん、夜があまりにも短いから、月も驚いて雲の後ろに隠れてしまった。昼間の熱も冷めて涼しい風の吹く夏の夜。月と戯れるのにはぴったりだけど、短い。短すぎる。そんな気持ちを詠んだ歌だ。

いくら夏は日が長いといっても日が暮れたとたんに夜が明けるわけがないのに、短い夏の夜をちょっとおおげさに惜しんで見せるユーモアだ。夜が短いから夏の月が、まだ西に沈めないでいるうちに突然明るくなったことに驚いて、慌てて雲の後ろに隠れてしまったという。海岸で焚き火をして遊んでいて、いつしか辺りが白っぽく明るんできて驚いたのも、確かに夏の日だった。

美しい時代はすぐに終わる。ひょっとすると私たちの青春も真夏の夜と同じように急いで過ぎてしまうのかもしれない。与謝蕪村も夏の夜の短さを惜しんで句を残した。

짧은 밤이여 어느새 베개 맡에 은병풍

短夜《みじかよ》や枕にちかき銀屏風

寝ようと思ったのに、横になったとたん銀の屏風を広げたみたいに辺りが明るくなってきた。夏の夜はとても短い。名残惜《なごりお》しい。昼と夜の長さの変化を皮膚で捉えた古人の感受性が伝わる。夜の短さを嘆く気持ちは、一夜を共にした人と別れる時のラブレター〈後朝《きぬぎぬ》の文《ふみ》〉の定番テーマだ。

가을 논두렁 초라한 오두막에 이엉이 성기니
나의 옷소매가 이슬에 젖는구나

秋の田の かりほのいほの 苫《とま》を荒《あら》み
わが衣《ころも》手《で》は 露に濡れつつ

秋の田を守るための仮小屋で夜通し番をしていると、屋根を葺いた苫の編み目が粗いせいで私の衣の袖が露に濡れる。

天智天皇『後撰和歌集』

湿った窓

秋になると思い出す人がいる。私と妹を養ってくれた人、黙って私たちを見守ってくれた人、私たちが何か間違ったことをしても問い詰めたりなじったりせず、いつも頼れる柱になってくれた人。母方の祖母だ。中学生の時だった。祖母と一緒に忠清南《チュンチョンナム》道《ド》牙山《アサン》の温陽《オニヤン》温泉に行った。コオロギの鳴く田舎道を歩いていると、突然祖母が叫んだ。

「ああ、自由だ！」

普段は口数の少ない祖母が吐き出すように言った

から、驚いた。祖母は自分の自由、享受するはずの自由な時間を持てないで、じっと我慢していたに違いない。馬鹿みたいに、その時やっとわかった。祖母は私たちを守るために自由を返納してきたのだ。何かを守ることには、それだけ大きな犠牲が伴う。収穫前の田んぼのあぜ道で夜通し番をする人の寂しさを、その時には理解していなかった。

私と妹は祖母に育てられた。祖母の自由、祖母の若さは、守るべきものを守るために費やされた。私たちが成人した時、祖母は収穫を終わって気力を使い果たした人のように記憶を失った。名前を、時間を失った。帰り道を失った。人間はいったい、何をしに世の中に来るのだろうか。

一昨年の秋に会った祖母は、身体にあるすべての扉を一つずつ閉じようとしていた。ベッドにきちんと横たわって、やつれた顔を動かすことすらできず、歯がほとんど抜けた口は言葉どころか何の音も出さなかった。世の中と疎通する最後の窓は目だった。祖母の目の上に私の目を持っていくと、互いの目に露が宿った。ああ、自由だ！　あの声がまだ耳に残っている。

その年の冬、祖母は完全な自由を得て森の土に還った。和歌には、袖が露に濡れるという表現がよく出てくる。泣く、泣きたいほど悲しいという意味だ。人は何をしに世に来るのだろう。今夜私は何を守るためにこの野を守っているのか。私が守ろうとしているものに、米一粒ほどの意味なりともあったなら……。夜ごと袖が濡れる寂しい旅の途上で、人間は咲いては散ってゆくものらしい。

겨울인데도 하늘에서 꽃잎이 떨어지는 건
구름의 저편으로 봄이 온 탓이리라

冬ながら 空より花の 散りくるは
雲のあなたは 春にやあるらむ

冬なのに空から花が散ってくるのは、
雲の向こうに春が来ているからなのだろう。

清原深養父『古今和歌集』

雪の花

冬の日曜日の朝。布団の中の暖かい空気が心地よくて、もう少し、もう少しだけと思いながら寝ている時、ふと見ると窓の外に雪が舞っていた。

雪が降ると、どうしてわざわざ口に出して言いたくなるのだろう。みんなに雪が降っていると知らせたいからだろうか。学校に通っている時も、授業時間に雪が降ると必ず誰かが叫んだ。

「わあ、雪だ！」

そして先生も生徒も、しばらく降る雪に見とれていたものだ。雪には立ち止まって眺めさせる力がある。美しさの力とはそういうものなのか。そこには世の出来事をすっかり忘れさせてくれる潔さがある。ところが前夜にこの和歌を鑑賞したその日曜の朝は、ちょっと違った。微妙に。

「あ、花……」

雪が、花のように見えた。ひらひら舞い落ちる大粒の雪が、魅力的な花に見えた。地面に白い花びらが積もった。屋根や木の枝にも。私は今、真冬の真ん中を通っているけれど、灰色の雲の向こうに春が近づいてきている。どうしてこれまで、雪が花びらに似ていると思わなかったのだろう。

雪が降るのは、遠からず花が咲くことの前触れだ。最も寒い日が過ぎてこそ小川の水が解ける。冬の陣痛を経ないと春が来ない。そんな季節の道理は人生の道理でもあるのだな。そう悟った時、世の中はいっそう美しい。

私は布団を蹴って起き、窓を開けた。真冬の灰色の雲の向こうに、ほんわかとした春の顔が浮かんだ。季節と宇宙は、目に見えないところで一歩ずつ着実に進んでいる。自然とよく似た私たちの暮らしも同じだ。窓の外に手を伸ばした。手に載せて見たかったのに、冬の朝の雪は一瞬で解けてしまった。私は手の上に、見えない花の種を見ていた。

별 들지 않는 골짜기에는 봄도 남의 일이고
피고 지는 꽃들에 마음 쓸 일도 없네

光なき 谷には春も よそなれば
咲きてとく散る 物思ひもなし

日差しの届かない谷間では春もよそごとだから、
咲いた花がすぐ散るのではないかと心配する必要すらない。

清原深養父『古今和歌集』

広場で

冷たい風の吹くある冬の夜、ロウソク集会に行った時のことだ。光化門から東大門《トンデムン》まで鍾路の大通りが人でぎっしり埋まり、なかなか前に進めなかった。人々はそれぞれ自分が正しいと信じることを語りながら歩いていた。あちこちでカワハギの干物やスルメ、栗などを焼いて売っていた。引火の恐れのある本物のロウソクではなく、ちらちら光る電気ロウソクを売る人もいた。子供たちは風船を持ち、おとなは所属団体を表す旗やスローガンを書いた色とりどりの紙を持っていた。ちょっとしたお祭り気分だった。

その時、ある人の姿が目についた。鐘閣《チョンガク》近くのゴミ箱の横に寝ている一人のホームレスだ。綿入れの帽子を深くかぶり、新聞紙と段ボールを布団代わりにして地面に横たわった彼にとって、この騒ぎはよそごとだった。ロウソクが百万本集まろうが二百万本集まろうが、男にとってはしばし足を温める熱にもならない。彼は日の当たらない谷間にいた。ロウソクに照らされた鍾路の壮観も、地面で暮らす彼にとっては何の意味も持たないよそごとだ。彼には彼なりの事情があるのだろう。

この和歌を見ていて、ふとその後ろ姿が浮かぶ。背を丸めて地面に横たわる姿。熱気の中にいながらも、そんなことに神経を使う余力も余裕もない人。清原深養父《きよはらのふかやぶ》も権勢を失って嘆く人を見て和歌を詠んだ。自分は太陽の恩恵を受けたことがないから、失うのが惜しくて泣くこともないと。しかし考えてみれば、失うものが何もない人生は、わびしく寂しく恐ろしいような気がする。咲いては散る花ぐらい、振り返って見ながら暮らしたい。

미치노쿠의 혼란스런 문양은 누구 탓인가
어지러이 물든 게 나 때문은 아닌데

陸奥《みちのく》の しのぶもぢずり 誰《たれ》ゆゑに
乱れむと思ふ 我《われ》ならなくに

あなた以外の誰かのせいで、陸奥のしのぶもじずりの
模様のように心を乱すような私ではありません。

源融『古今和歌集』

別れたんです

コンコン。どうぞ。ドアを開けて入ってきたのは、シェアオフィスで隣の部屋を使っている人。イラストレーターだそうだけど、まだ作品を見たことはない。ひどい顔だ。何があったんだろう。

「あの……昨日、彼氏と別れたんです」

そう言ったとたん、彼女の目から嘘みたいに涙がつつっと流れた。たった今、ペンで直線を引いたように。彼女が隣の部屋に来たのはつい三、四日前で、顔を合わせた時に挨拶するだけの間柄だった。

「あの、耐えられなくて、じっとしていたら病気になりそうで、隣の部屋に人がいると思ったらちょっと安心して……。思わずドアをノックしちゃいました」

ほとんど知らない人なのに、私も思わず目頭が熱くなった。

「大丈夫。私もそんなことがありましたよ。いつだったか、真夏にふられて。ところで、どれぐらいつきあってたの」

「二年以上になります」

「そう。それはつらいでしょうね。私もあの時、何年前かな。別れた翌日、朝早く目を覚まして、頭がどうかしそうだったから、家を出てやたらに歩き回った。五時間だったか、六時間だったか。太陽がじりじり照りつけて、アスファルトの道路が熱くなって。でも立ち止まれなくて馬鹿みたいに歩き続けた。かかとに変な感じがするんで見てみたら、運動靴の底が半分ぐらい溶けて素足が見えてた」

「まさか」

「ほんとよ。そうしてしばらく歩くと気持ちが落ち着いた。まあ、次の日にはまた同じことが始まるんだけど」

彼女は涙を拭って少し笑った。

「そんなふうに一日、二日と過ごしているうちに、ちょっとずつ楽になるの。今日よりは明日、明日より明後日の方が楽になるよ」

そんなことを言いながらも、私には他人を慰める素質がないと思った。アドバイスめいたことを言うのが嫌いなのだ。その程度のことを言っても、じんましんが出たみたいに全身がむずがゆい。

平安時代の人たちは恋に揺れ動く心を、現在の福島県にあった信夫《しのぶ》郡で作られた布になぞらえた。〈もぢずり〉というのは、岩に布を当ててシノブという植物の茎や葉をすりつけ、乱れたような模様をつけた布地だ。当時の人たちには神秘的で異国的に映ったのだろう。

隣の部屋の彼女の心は、シノブをすりつけたように乱れていた。だけど私から見ると、それは申し訳ないほど美しかった。本人はつらくとも、その揺らぎは外から見ると輝いている。揺れる水面が美しいのと同じ理屈だ。完璧に整った人は人形みたいで、人間らしい揺らぎが感じられない。

今泣いている人がいたら、あなたはとても美しいと言ってあげたい。太陽の光を浴びた水しぶきのように輝いていると。歩いたり泣いたり感情をぶちまけたりするのはつらいことだが、離れて見ればそれ自体が芸術だ。激しい愛の表出は私たちみんなを芸術家にする。

この和歌の作者　源　融《みなもとのとおる》は『源氏物語』に登場する光源氏のモデルだと言われている。恋に乱れた心をどうしようもできないでいる姿が、光源氏そっくりだ。さすが。

슬퍼하라고 달이 나의 마음을 그리 이끄나
그저 달을 핑계로 울고 싶었으리라

なげけとて 月やはものを 思はする
かこち顔なる 我《わが》涙かな

月が私に嘆けと言ってもの思いをさせるのだろうか。
いや、私は月のせいにして涙を流しているのだ。

西行法師『千載和歌集』

届かなかった手紙

誰しも悲しみの月を持っている。私にはその月が、他の人よりもちょっと早く昇ったようだ。五歳ぐらいの頃ハングルを習い始めた私は、ほとんど毎日父に手紙を書いた。わたしはげんきです。こんなにじがじょうずになりました。はやくかえってきてね。ぱぱ、だいすき。そして便箋《びんせん》の四辺にぐるりと、アメリカ、アメリカ、アメリカと書いた。その便箋は今も覚えている。薄緑色のも、空色のもあった。その時は便箋の端っこにアメリカと書けば、アメリカに出張している父に届くと思っていた。

ある日、母が私と妹を前に座らせ、真剣な表情で言った。床には私が父に送った数十通の手紙が置かれていた。

「あのね、ほんとは、パパはあなたたちがもっと小さい時に亡くなったの。あなたたちが小さすぎてショックを受けると思って、アメリカにいると今まで嘘をついてた。ごめんね」

嘘、嘘。私は母が嘘をついていると思った。一度嘘をついた人は二度、三度と嘘をつくものだから、今度も嘘だろうと思った。パパが死ぬわけない。アメリカにいるんでしょ。あといくつ寝たら帰ってくると言ったじゃない。すると、横で妹が言った。あたし、知ってた。帰ってこないし連絡もないから、死んだんだろうと思ってた。

数年ぶりに真実に直面した三人はその日、小さな部屋で抱き合ってわんわん泣いた。おそらく三人のうち、私がいちばん悲しんだと思う。馬鹿みたいな、妹よりも察しの悪い私にとっては、その日が父の死んだ日だったから。日にちも思い出せない、五歳頃の、日差しの明るかったその日が、私にとって最も悲しい日だった。人生でいちばん。

そのせいか、その後は何があってもそれほど悲しくはない。もちろん悲しい映画を見たり悲しい話に接したりすると涙が出て胸が痛いけれど、立ち上がれないほど悲しくはない。世の中のどんな悲しみも、五歳の私が味わった悲しみより小さかった。しかし誰にも一生のうちに、同じぐらいの大きさの悲しみの月が出るらしい。ちょっと早いか遅いかの違いだけだ。

西行のこの和歌はとても有名だ。太宰治も初期作「虚構の春」の中で若い日に味わった狂おしいほどの悲しみを語り、「月やはものを思はする」という部分を引用している。悲しみが大きすぎて耐えられない時には、月に向かって投げてしまうのも一つの方法だ。美しい分だけよけいに悲しい月のせいにしてしまってもいいと思う。

感情がもつれ、関係がこじれた時には、そんなふうにでもして振り払ってしまおう。月には何の罪もないけれど、どのみち月は何ごともなかったような顔で静かに遠くを見ているのだから。悲しみも怨みも憎しみも怒りも、私は人間ではなく月にぶつける。実際、五歳のあの時以来、俗世で私をあれほど動揺させる事件はあまり起こらない。

봄볕 비치는 등나무 어린잎과 같이 다정히
그대 날 대한다면 나도 믿고 따르리

春日《はるひ》さす 藤のうら葉《ば》の うらとけて
君し思はば 我もたのまむ

春のうららかな日が差す藤の先端の葉のように、もしあなたが
うちとけて私を思ってくれるなら、私もあなたを信じましょう。

詠み人知らず『後撰和歌集』

ケミと私

あどけない目をした子犬が私のそばに来たのは十七年前のある冬の日だった。おばの家の犬が産んだ二匹の子犬のうち一匹をもらったのだ。手のひらほどの命がよちよちと部屋の床を滑るように走ってきて私に抱かれた。白い毛にところどころ栗色の模様があった。そっとなでるとネコジャラシの毛みたいに柔らかい。

その日の晩、子犬は私の膝に乗って私の小指を噛んだ。歯が生えかけてるの？ 生まれて数カ月にし

かならない子犬の歯にくすぐられる感触が神秘的に思えた。お前は何よりもまず噛む感触としてやってきたから、名前は〈ケミ〉（〈噛む者〉の意）にするよ。ケミ、ケミ。私は産毛の生えたケミの額をやさしくなでた。ケミはケミになったその日から私を信頼してなついた。私たちはほんとうに仲の良い友達だった。互いを信じ、愛し、遠くにいる時は互いに恋しがった。

ある年、ケミを連れて済州島に旅行した。飛行機はつらいだろうから、車で行って莞島《ワンド》からフェリーに乗った。行きはいいお天気で波もあまりなかったけれど、帰りは雨が降り風も強くて船が揺れた。ケージに入っていたケミは船酔いしたのかキャンキャン鳴いていた。周りにいた人たちも顔色が良くなかった。

私はケミを抱いて甲板に出た。闇に包まれた海は、怒った宇宙のようだった。大粒の雨が打ちつけ、波が激しく上下していた。それでも風に当たって気分が良くなったのか、ケミは私の胸の中でおとなしくなった。私たちは互いの脈拍を感じながら波の荒れる巨大な夜の海を眺めた。広い宇宙でケミと二人っきりになった気がした。ケミと一緒にその荘厳な自然の風景に対峙していた瞬間を、私は死ぬまで忘れない。

愛は時に言葉ではなく身体で表現される。言葉は通じないけれど、私はわかっていた。世のすべてが私を憎んでも、ケミだけは私を信じてついてくるだろう。何があってもケミだけは私を百パーセント愛してくれる。藤の若葉のように愛らしかったケミは私に愛の実体を教えてくれて、酷暑だった一昨年の夏、無邪気なまま空に還った。
ケミが死んだ時刻に、私は輝く川を渡る列車が橋から墜落する夢を見ていた。

긴긴밤 내내 그대 그리는 날은 밝을 줄 몰라
어둔 방문 틈조차 야속하기만 하네

夜もすがら もの思ふころは 明けやらぬ
閨《ねや》のひまさへ つれなかりけり

つれない人を夜通し思っていると夜がなかなか明けない。
寝室の隙間さえも冷たく思えるのだ。

俊恵法師『千載和歌集』

今か今かと

今日こそは来てくれるだろうかと待っていたのに、今日も来ないらしい。来ない人のせいで不眠症にかかっている。今か今かと待つ気持ちを、戸の隙間を見る視線で表しているのがかわいい。

近所の果物屋のおじさんも、今か今かとお客さんを待っている。おじさんは夏も冬も道端にトラックを止めて果物を売っていた。おじさんには片腕がない。片手でどうやって果物を箱に詰めてトラックに載せるのかは不思議だけれど、何十年もの経験から得た自分なりの秘訣があるのだろう。冬は新鮮なリンゴや甘酸っぱいミカン、夏はしっかりした粒のブドウや赤くつやつやしたスモモ、春ははち切れそうなイチゴ、秋はよく熟した柿。おじさんは私がこの町に（引っ越してきたのは二十歳頃だったかな）来て以来ずっと、わが家においしい果物を供給してくれている。

寒い冬の夜など、夜十時近くになってもおじさんがトラックの運転席で震えながらお客さんを待っているのを見ると、黙って通り過ぎることができなかった。私はトラックに近づき、妙に明るい調子で言う。

「柿、リンゴ、ナシ、ミカン。デコポンもあるね」

するとおじさんは笑顔で降りてきて、黒いビニール袋を手に取りながら言う。

「それ全部、一万ウォン分ずつ差し上げますか？」

「い、いいえ。ごめんなさい。言ってみただけなんです」

（互いに気まずそうな笑顔）

「柿を一万ウォン分ください」

そんなおじさんのトラックが何週間も来ないので心配していた時、商店街を歩いていておじさんに出会った。〈新鮮な果物の店〉というカラフルな看板のかかった店に、果物の箱がぎっしり並んでいた。

「おじさん！　店を出したんですね」

おじさんは、はにかんだようにそっと微笑んだ。

「柿を一万ウォン分ください」

「はい、毎度あり」

実のところ私は柿があまり好きではないけれど、母が好きだ。家で待っている人が喜ぶ顔を見るのも気分がいい。おじさんの店が繁盛して、おじさんが喜ぶ顔を見たい。

この和歌は一晩中恋人を待ってくたびれたから、せめて朝日なりとも訪れて欲しいという気持ちを詠んでいる。十六歳で出家した俊恵《しゅんえ》が女性の気持ちを代弁して詠んだとされているが、俗世を離れ寺に入った僧なのに、なぜか失恋した人の孤独を理解していたらしい。

お坊さんも、果物屋のおじさんも、私も、そして誰もが、誰も訪ねてこない、憎らしい夜の隙間を見つめたことがあるはずだ。その心情は、人間なら誰でも一度は味わったことがあるだろう。孤独こそは、死んだ人たち、今生きている人たち、これから生きる人たちまで含め地球のすべての人が共感できる感情だと気づけば、ちょっとは寂しさが紛れるかもしれない。

맘 가는 대로 꺾으면 꺾이려나 새하얀 국화
가을 첫서리 내려 구분이 가지 않네

心あてに 折らばや折らむ 初霜の
置《お》きまどはせる 白菊の花

白菊を折るなら当て推量で折るしかないだろう。
辺りいちめんの初霜で花がどこにあるか見当がつかない。

凡河内躬恒『古今和歌集』

遺影

チウンのお母さんが亡くなったという知らせを受けた。美しいものを愛する人だった。私は三回ほど会ったことがある。東京の中野にあったチウンのアパートの部屋で、浅草のサンバカーニバルで、仁寺洞で開かれたチウンの絵の展示会で。いつも明るくて元気だったけれど、なぜか目の片隅に寂しい風が吹いていた。

母は、お祖母さんからひどく嫁いびりをされていました。チウンからそう聞いて、あの妙な陰に納得がいった。お母さんは画家志望のチウンを、どんな状況にあっても応援していた。あなたはあなたの美しさを守りなさい、私があなたを守ってあげる。そんな広い心を持っていたお母さんの遺影に、私は一輪の白菊を捧げた。短く切られた菊の花が遺影の方を向いて横たわり、最後の挨拶を伝えた。私とチウンはお母さんの冥土の旅路を見守りながらビールを飲んだ。
「亡くなる前日、母の部屋のカレンダーを見たんです。あちこちに、行ってみたいところがびっしり書かれてました。夕焼けのきれいなどこそこの海岸、ケーキのおいしいどこそこのパン屋、薔薇が満開のどこそこの庭園……」
私たちの目が赤くなった。歩いて帰る途中、私の心にも寂しい風が吹いた。しばらく前にチウンが電話をしてきたのに受けられなかった。その時チウンはお母さんと、私のことを話していたそうだ。あの子、最後にもう一度会いたいな。（チウン、メールぐらいくれればよかったのに）。（先輩が忙しそうだったから）
胸が詰まった。いつでもできると思っていたことが、永遠にできなくなる時が来る。ちょっと遅れたけれど、秋の初霜が降りる日、気品を失わずに輝く白菊の花をあなたに送ります。

四章

悲しみではなく、愛

떠나기 전에 이 세상 바깥으로 가져갈 추억
한 번 더 만들고파 그댈 볼 수 있다면

あらざ覧《らん》 この世のほかの 思ひ出に
いまひとたびの 逢《あ》ふこともがな

あの世に持っていく思い出に、
もう一度だけお会いしたいのです。

和泉式部『後拾遺和歌集』

すべて想像

彼女は病の床に臥《ふ》せっていて、いつ息が止まっても不思議ではない。最後に愛する人の顔を見たい。そんな気持ちを詠んだ歌だ。死を「この世のほか」と、まるで旅に出る人みたいにさっぱりと表現している。私も死ぬ時はこんなふうに潔くありたい。だから親しい友人たちに言っている。あたしのお葬式には、にぎやかな歌を流してね。楽しく飲み食いしたり踊ったりして夜通し遊んでくれればいい。それが遺言。

死を軽く見ているのではない。ただ、あまり厳粛なのはいやだ。友人たちには、一緒に過ごした今世の楽しかった出来事を思い出してもらいたい。私たちの出会いがどれほど美しかったのか覚えていて欲しい。ちょっとは涙を流してもいい。どうせ涙には悲しみと喜びの境目がないのだから。

和泉式部も私と同じようなことを思っていたようだ。この世の外に旅立つ前に、あなたとの思い出がもう一つできたら、どんなにいいだろう。そんな気持ちで病んだ身体を起こして筆を執り、誰かにこの歌を書き送った。楽しい思い出を一つでも多く持っていって、恋しくなるたびに取り出して見られるように、今、私のところに来てください。こんな手紙をもらって駆けつけないでいられようか。

死後もほんわかとした恋を思い出すことができるなら、そこはそれほど寒くて恐ろしい場所ではないのかもしれない。あの世はこの世の外にあるというだけだ。人間はその場所を知らない。想像でだけ知っている。どうせすべてが想像であるならば、悲しむよりいっそ愛そうではないか。

대체 누구를 벗으로 삼겠는가 다카사고의
백년송도 오래된 친구는 아닌 것을

誰《たれ》をかも 知る人にせむ 高砂《たかさご》の
松も昔の 友ならなくに

いったい誰を親しい友にすればいいのか。
長生きだという高砂の松も古い友人ではないのに。

藤原興風『古今和歌集』

旧友

四十過ぎるとだんだん友達が減ってゆく。子供の時は会う人がみんな友達みたいな気がして、たくさん約束して忙しくしていたけれど、最近は気持ちがついていかない。考えてみたら、私がほんとうに友達だと思っている人は何人いるのだろう。そもそも、友とはどういう間柄を言うのか。

私は人に会うと疲れる。相手が親しい友達でもそうだ。会ってすべてをぶちまけるからかもしれない。家に帰ると米を全部ぶちまけた米袋みたいにへなへなになって、しばらくぼんやりしている。そして、再び米で満たされたみたいに気を取り直す。しかし一日、二日と過ぎて日が昇りまた月が昇れば、またぞろ友達に会いたくなる。

これは老人の詠んだ歌だ。七、八十歳になっていたのではないか。それぐらいの年になれば友達も一人二人と世を去ってゆく。運が悪ければ、いちばん最後に取り残されてしまう。住所録を見て、この人も死んだ。この人も。この人はまだ生きているだろうか。そんなことを考える日が自分に訪れたら、悲しいだろうな。百年以上生きるという松の木を友にすることもできず、困ったという老年の悲しみを、ちょっとユーモラスに詠んだものだ。

高砂は兵庫県南部の播磨灘《はりまなだ》に面するところで、昔から松の木で有名だった。当時は海岸に屏風のごとく松林が広がり、風が吹けば遠くにまで松籟《しょうらい》が聞こえただろう。いくら松の木が美しくても、酒を酌み交わして語る友の代わりにはならない。人間は長生きしたくていろいろな努力をするけれど、長寿は必ずしも祝福ではないようだ。ある日ふと振り返って友人が一人もいないと気づいた時の寂しさ、孤独……。それは死よりも恐ろしい。

ちょっと前に日本の友人渡部真理がフェイスブックでメッセージを送ってきた。元気か、この頃、韓国がいっそう懐かしい（韓国の街中に日本製品不買運動を呼びかけるポスターが貼られ、日本のテレビが連日韓国を非難する番組を放送していた頃だった）、いつ行けば一緒にお酒を飲めるのかと。

真理は私が韓国語を教えた生徒だった。留学していた頃、東京駅のドトールで週に一度個人教授をした。まったくの初心者だったので、私は子音と母音をカードに書いてハングルの初歩から教えた。多くの日本人はハングルを習う時にパッチム（子音と母音が組み合わされてできた文字の下につく子音字）の存在にショックを受けて（特に二文字パッチムを見ると、こんなの、どうやって読むの?!　と目を丸くする）勉強を諦めてしまうけれど、真理は根気よく続けた。店に人が大勢いても、うるさい中で勉強するのは面白かった。互いに何に興味があるのか、これから何をするつもりか、そんなことも話した。

真理は、韓国語を勉強するのは海外の人たちと自由に交流するためで、中国語はかなりできるけれど韓国語も同じぐらいできるようになりたいと言った。マーケティング関係の仕事をしていて、広く活発な交流が世界を楽しくするという価値観を持つ、愉快な人だった。この本の出版を計画していた時、私は隅田川に近い場末の小料理屋で真理に会った。私が入ってゆくと、真理はクリーム色の優雅な着物を着たおかみさんに私を紹介してくれた。

「韓国から来た友達です。太宰治全集を翻訳したんですよ。（真理、恥ずかしいよ）。すごいでしょ」

おかみさんは微笑みながらお酒のメニューを持ってきてくれた。偶然、〈高砂〉という酒の名が目についた。誰をかも知る人にせむ高砂の……という和歌を思い出し、十二種類ほどある日本酒の中で、私は高砂を選んだ。私のきっぱりとした選択に、笑いながら真理が聞いた。

「どうして？　高砂に何かあるの？」

十年続くか二十年続くか、それは誰にもわからないけれど、あなたとはずっと友達でいたい。そう言いたかったが、ちょっと長すぎる。

「あなたは高砂の松みたいな友達だから」

「ははっ。いいね。あたしもそれにしよう。おかみさん、高砂をください」

사랑의 밀회 그 후에 밀려오는 마음 비하면
예전의 그리움은 아무것도 아니네

あひ見ての 後《のち》の心に くらぶれば
昔は物も 思はざりけり

恋しい人と会った後の気持ちに比べたら、
昔の思いなど、何でもなかったなあ。

藤原敦忠『拾遺和歌集』

逢い引き

平安貴族が一夜を共にした恋人に送った後朝《きぬぎぬ》の文だ。後朝とは愛を交わした翌朝を意味する。互いに対する愛情が深ければ深いほど、急いでその気持ちを和歌に詠んで送った。遠くからあなたに片思いしていた時もつらかったけれど、こうして愛し合ってみると以前感じていた恋しさなど何でもないと思えるぐらい会いたくてたまらない、というエロティックな愛の歌だ。

この人、完全に恋の虜《とりこ》になってしまったけど、大丈夫かな？　村上春樹の短篇「独立器官」では、この和歌を引用した男が死に至る。それも、自ら食を断つという極端な方法で。主人公は渡会《とかい》という名の、中年の美容整形外科医だ。独身の彼はいろいろな女性とつきあっているうち、家庭のある女性と恋に落ちる。渡会はビアホールで生ビールを飲みながら、こんな話をする。

「『逢ひ見て』というのは、男女の肉体関係を伴う逢瀬のことなんだと、大学の講義で教わりました。そのときはただ『ああ、そういうことなのか』と思っただけですが、こんな歳になってようやく、その歌の作者がどういう気持ちを抱いていたのか実感できるようになりました。恋しく想う女性と会って身体を重ね、さよならを言って、その後に感じる深い喪失感。息苦しさ。考えてみれば、そういう気持ちって千年前からひとつも変わっていないんですね。そしてそんな感情を自分のものとして知ることのなかったこれまでの私は、人間としてまだ一人前じゃなかったんだなと痛感しました。（……）」

しかし相手の女性は渡会も夫も捨て、第三の男の元へと去ってしまう。生きる理由を見失った渡会は口から食物を摂取することを止めて自ら消滅してゆく。実にどうしようもない奴だ。そこまでして恋愛しなくてもいいような気がするが、平安時代の恋愛至上主義者の系譜に連なっているようでもある。

燃える焚火に突進する蛾。その熱い狂気を理解し密かに憧れる気持ちが遺伝子に刻み込まれているのかもしれない。もっとも、私が日本文学に魅力を感じるのも、そんな狂おしい恋が新鮮だったからだ。誰でも人生で一度はそんな恋をしてみたいと思うのではないだろうか。

寒くなってきたせいか、この頃は熱いものがいい。完全燃焼したい。〈適当〉なんて言葉は、冷めかけたおでんみたいだ。自分の何かを完全燃焼するほど熱中できる事か人か物を、人生で一つぐらいは探したい。そうすれば、今度はそれが人生を豊かにしてくれる。

それはともかく、この和歌を詠んだ藤原敦忠《ふじわらのあつただ》はプレイボーイとして有名で、琵琶の演奏にも長《た》けていたという。音楽にも文学にも才能のあった彼に一度会ってみたい。しかし彼は中年を充分楽しめないまま、三十八歳の若さで世を去った。天も彼の魅力に嫉妬したらしい。

잊힌다 해도 저는 괜찮습니다 불변의 사랑
목숨 걸고 맹세한 당신이 걱정될 뿐

忘らるる 身をば思はず 誓ひてし
人の命の 惜しくもある哉《かな》

私が忘れられるのは構いません。いつまでも愛すると神に誓った
あなたが天罰で命を落とすのが惜しいのです。

右近『拾遺和歌集』

裏切り

最初は、あなただけを命懸けで愛しますと固く誓う。この和歌を詠んだ右近もそんな男とつきあっていた。先の和歌を詠んだ敦忠と。彼は神様の前で、永遠に変わらない愛を誓った。もしそれができなかったら私の命を差し出します、などと大きな口をたたいていたのに……。

愛は変質し、男は去った。だが女は泣かない。引き止めようともしない。右近はそんな女ではなかった。申し訳ないという敦忠の手紙を、鼻で笑う。私

は構いませんよ。ところであなた、愛のために神様に命まで差し出すと言ったわよね。そんなことを言ったあげくに去ったのだから、すぐに天罰が下るかもしれません。私のことはいいから、自分のことでも心配なさい。

裏切られたと悲しみにくれるのではなく、相手の軽薄な行動をちくりと皮肉る。こんなことを言われた敦忠は、どんな顔をしただろう。背筋がぞくっとしたのではないか。返歌はなかった。恐れて逃げたのかもしれない。

プライドの高い右近は平安の宮中で多くの男性に愛されて華やかな恋愛をしていた。当時は和歌に秀でた人が夜空の月のように尊敬され、人々は、会ったことがなくても和歌を見ただけでその作者に恋した。さっぱりして才気に溢れた右近も、敦忠に負けないぐらいのアイドルだったのだろう。

二人の恋愛が終わると、敦忠は実際に夭折した。皆は敦忠が右近を捨てたから罰が当たったのだとうわさした。今も昔も人は他人の恋のうわさが好きだ。世を騒がせた右近と敦忠の恋は、『大和物語』に描かれている。

날 밝기 전에 새벽닭 우는 소리 흉내 내어도
내게 오는 관문은 허락할 수 없기에

夜《よ》をこめて 鳥のそらねに はかるとも
よに逢坂《あふさか》の 関はゆるさじ

夜が明けてもいないのに鶏の鳴きまねをしてだまそうとしても、
わが家の逢坂の関は開けませんよ。

清少納言『後拾遺和歌集』

失礼ね

不愉快だわ。ずいぶん軽く見られたものですね。いくら甘い言葉をささやいたって、嘘つきは嫌いです。きっぱりした拒絶の手紙。ずいぶん腹を立ててるな。『枕草子』を書いた清少納言の歌だ。事情はこうだ。彼女と親しかった藤原行成《ゆきなり》は彼女の住まいで夜遅くまで過ごし、別れた翌朝こんな手紙を送る。「今日は残念でした。夜どおしゆっくりお話ししたかったのに、鶏が鳴くから急いで帰らなければなりませんでした」

しかし、清少納言はそれでは納得しなかった。なんて嘘つきなの。鶏が鳴くよりずっと前に出ていったくせに。

清少納言は筆を執って『史記』の「鶏鳴狗盗」という故事を持ち出す。いと夜深くはべりける鳥の声は、孟嘗君《もうしょうくん》のにや。昔、孟嘗君が昭王に殺されそうになって夜中に逃げ出したが函谷関《かんこくかん》が閉まっていた。門は鶏の鳴き声が聞えるまで開かない。そこで、ものまねのうまい男が鶏の鳴きまねをして門を開けさせ、無事脱出した。しかしそれはあくまでも孟嘗君の話だ。あなたがいくら鶏の鳴きまねをしても、私とあなたが会う逢坂の関は開きません。嘘つき。私の心は開きませんよ。目を覚ましなさい。

これに行成は次のような返歌を送る。

그대 언덕은 누구나 넘기 쉬운 관문이라서 닭이 울지 않아도 늘 열려 있다던가

逢坂は人越《ひと》えやすき関なれば鳥鳴かぬにも開けて待つとか

(逢坂は人が越えやすい関だから鶏が鳴かなくても開けて待っているそうじゃないですか)

何と失礼な。手紙を見て顔色を変える清少納言の姿が目に浮かぶ。互いに一歩も譲らない二人の恋愛話と和歌は『枕草子』に詳しく記録されている。もちろん清少納言の書いたものだから行成の弁明を聞くことはできない。やはり自分の主張は、証拠として書き残しておくべきだ。

逢坂の関は京から東に行く時に通った関所で、行く人と帰る人が会ったり別れたりする坂だというのでこの名がついた。清少納言は自分のところに来る関所が固く閉ざされていると言ったけれど、行成は、その関所はいつも開いているんじゃないかと答えたから、恋の戦いに火がついた。恋人たちは相手を傷つける言葉を、不思議なほどよく思いつく。そして、いつそんなことがあったのかというみたいに互いの傷に甘い蜜を塗るのが、恋愛というものなのだろう。

봄밤 꿈처럼 짧기만 한 하룻밤 팔베개하다
덧없이 무성하게 소문날 일 있나요

春の夜《よ》の 夢ばかりなる 手枕《たまくら》に
かひなく立たむ 名こそをしけれ

春の夜の夢のように短い夜の腕枕のことなんかで
浮き名が立ったら口惜しいでしょう。

周防内侍『千載和歌集』

腕枕

その手をどけてください。息が詰まるほど美しい春の夜だけれど、ひと晩腕枕してもらったぐらいのことで他人にあれこれ言われたくはありません。私はそんな馬鹿じゃないんです。

平安の宮中に春の夜は更ける。男女の歌人が集まり、月を眺めて風流を楽しむ。疲れた周防内侍《すおうのないし》は、ふと、「ふう、眠い。枕があったらいいのに」とつぶやく。すると、藤原忠家《ただいえ》が近寄ってきて腕を出し、「ここに腕枕があるからお使いなさい」と言う。その時、周防内侍が詠んだ歌だ。

当時は男女が共寝をする時、互いに腕枕をしたのだが、他人がそれを見て私たちの関係を誤解したらどうするんです、とすねて見せているようだ。何でもないように見えて妙にどきどきさせられるから、名作に違いないのだろう。眠くなれば部屋に帰って寝ればいいのだけれど一人になるのは寂しいし、でも横にはなりたい。そんなゆったりとした夜が、私にもあったような気がするが……。それはともかく、その場にあるはずのない枕が欲しいと言うなんて、このちょっと気取った歌の裏には高度の恋愛作戦が潜んでいるのかもしれない。

和歌はスピード戦だ。みっちり準備して詠む人よりも、その場に合わせて即興で詠む人が優れているとされた。現場の雰囲気をすばやく捉えて言語化する能力が評価されたのだ。実は私もそんな人がずっと羨ましかった。どんな席でも緊張せずに余裕をもってかっこいいことを言いたい。そんな瞬発力は天性のものなのだろうが、誰の前でもおじけづかない度胸と自信が基本なのだと思う。話す力も文章力も、どちらも堂々とした態度に基づくものなのかもしれない。

숨기려 해도 얼굴에 묻어나네 나의 사랑은
남의 속도 모르고 캐묻는 사람 있다

しのぶれど 色にいでにけり わが恋は
物や思と 人のとふまで

恋心は隠していたのに、顔に出てしまっていたようだ。
何か心配事でもあるのかと聞かれるぐらいだから。

平兼盛『拾遺和歌集』

恋の歌合

口に出さずとも、恋していることはすぐ知れる。顔で、表情で、身振りで。昔の人もわかっていた。人は恋する気持ちを隠したがることを。どうしてだろう。好きなら好きと、堂々と言えばいいのに。どうしてこんなに恥ずかしく自信がないのか。断られそうだから？　いつか捨てられて苦しむかもしれないから？　何にせよ、恋しているのが恥ずかしくて口に出せない私たちは馬鹿だ。馬鹿たちが集まって馬鹿みたいな恋の歌を歌う。

平安の宮中の人々は、退屈すると歌合《うたあわせ》を開いた。この和歌も、平兼盛《たいらのかねもり》が歌合で詠んだものだ。題は〈忍ぶ恋〉。いい年をした人たち、それも重要な官職についている人たちが集まってそんな題で真剣に和歌を詠み優劣を争うなんておかしいようだが、当時の歌合は政治的に重要な意味を持っていた。単純な恋の歌に見えても、主君と臣下の関係、家門と家門の関係を暗示していたりする。

この和歌と競う歌を、壬生忠見《みぶのただみ》が詠んでいる。

사랑한다는 내 마음 벌써부터 소문이 났네 아무도 모르게 품어두려 했거늘

恋すてふ わが名はまだき 立《たち》にけり 人しれずこそ 思《おもひ》そめしか

(恋する私の気持ちが、もううわさになってしまった。誰にも知られたくなかったのに)

皆さんはどっちの歌が優れていると思いますか。どっちが勝とうが私たちには関係ないけれど、当事者にとっては家の名誉をかけた闘いだった。判者が甲乙つけがたくて悩んでいた時、天皇が御簾《みす》の向こうから「しのぶれど」とつぶやいた。兼盛の勝利だ。ひょっとすると天皇は、文筆に優れる貧しい壬生家ではなく、富と武力を併せ持つ平家の肩を持ったのかもしれない。
とにかく歌合の題を見ただけでも、その頃の貴族に恋がどれほど重要だったのかがわかる。恋。それは今も昔も、答えも道筋もわからない、興味のつきない感情の波だ。世の中は恋だけでできていると言ってもいいだろう。恋のない一族、地域、国は滅亡するだろうから。
〈忍ぶ恋〉を詠んだこんな和歌もある。

내 얼굴 보고 사랑한다는 소문 떠돌았나 봐 눈물로 젖어버린 소매 색이 짙어서

色に出《い》でて 恋すてふ名ぞ 立ちぬべき 涙に染むる 袖の濃ければ
(私が恋をしているとうわさになってしまう。袖に涙が染みて色が濃くなっているから)

泣き腫らした顔はぐちゃぐちゃで、袖は涙や鼻水を拭ったために色が濃くなった。私はそのいじらしさが好きで、この素朴な詠み人知らずの歌に軍配を上げたい。

바다 밑으로 들어가 알아보자 너를 위하는
내 마음과 바다 중 어느 쪽이 깊은지

わたの底 かづきて知らん 君がため
思ふ心の 深さくらべに

海の底に潜ってみよう。私があなたを思う心と海のどちらがより深いか比べるために。

坂上是則『後撰和歌集』

心の深さ

ねえ、あたしのこと、どれぐらい好き？　さあ。愛しているならごまかさずにちゃんと言って。どれぐらい好き？　そんなふうにねだる恋人がいたら、海に連れていってこの和歌を口ずさんでみよう。

『竹取物語』では求愛する五人の貴公子に、かぐや姫が言う。

「五人の方の愛情に優劣をつけ難いから、私の欲しい物を持ってきてくださる方を選びましょう」

そして一つずつ物を持ってこいと言うのだが、それを探すのはラクダが針の穴を通るほど難しい。

仏の御石の鉢、蓬莱《ほうらい》の珠の枝、火ネズミの皮衣、竜の頸《くび》の珠、ツバメの子安貝。すべて現実にはあるはずのない物なのに、かぐや姫は断固としている。

不幸なことに、人間の心の深さは見ただけではわからない。昔からこんな伝説や和歌が伝わってきたのを見ると、人にとって相手の心の深さを測ることは大きな課題であったらしい。ハートマークや〈いいね！〉だけでは物足りない。深く愛するほど大きなものを要求するようになる。手を取って海の底に沈んだり竜を探して雲に乗ったりするようなことを。現実には存在しないと知りながら夢で探すほど強烈な誓いがあるだろうか。この世でいちばん急いで言葉を探すのは、たった今恋に落ちた人たちだ。

宮中で才能のある歌人として愛された坂上是則《さかのうえのこれのり》も恋をした。彼は蹴鞠《けまり》の名人だった。歌を詠むスポーツマンだ。オリンピックにでも出そうなほど自信に満ちて、愛情の深さを証明するために海に飛び込む男の姿が目に浮かぶ。最近はクールなつきあいをする人が多いようだけれど、私はこんなふうに後先も顧みずに馬鹿みたいに飛び込む恋がいい。どうにかして自分の気持ちを見せたいし、相手も私に対してそうして欲しい。この夏には、彼と手をつないで海に行かなければ。

소나기 오고 방울방울 이슬진 향나무 잎에
안개 피어오르네 가을 황혼의 길목

村雨《むらさめ》の 露もまだ干《ひ》ぬ 槙《まき》の葉に
霧立ちのぼる 秋の夕暮《ゆふぐれ》

にわか雨が降った後、まだ乾いていない杉やヒノキの葉に
霧が立ち昇る秋の夕暮れ時だ。

寂蓮法師『新古今和歌集』

ジュール、元気？

風や雨、日差しや雪にも名前がある。人間も名前がついて初めて存在が注目されるように、自然にも美しい名前があればいっそう情が湧く。

韓国語の〈소나기《ソナギ》〉（にわか雨）は〈쇠나기《スェナギ》〉に由来する。スェは古語で〈たくさん〉とか〈ひどく〉という意味で、急に激しく降る雨がソナギと呼ばれるようになった。この和歌の〈村雨〉は、激しく降って突然降りやむ雨だ。雨が群れになって降るというので〈群雨〉〈叢雨〉とも書く。韓国語の

〈무리《ムリ》〉（群れ）と日本語の〈むら〉の音が似ているのも面白い。

ひとしきり降って突然やんだ雨が木の葉の先に緑色の水滴を残した。きらきらする水滴に秋の夕べの冷たい風が吹き、白い霧が立ち昇る。千年前も今も変わらない自然の美だ。周囲の自然物に名前をつけて詩をつくりながら、素朴に暮らしたい。

近所の野良猫に人間の名前をつけた。しっぽの短い黒猫〈チャンス〉、黒い斑模様のある澄まし顔の〈ジュール〉(Jules)、林の中に住んでいる恐がりの〈ミニ〉、近所を歩いているとやたらに出会う〈スジン〉、声が大きくて遠くからでも聞こえるサバ猫〈コンソク〉。そんなふうに名前をつけると、会ったときはうれしいし、姿が見えないと心配になる。

スジン、今日はどこに遊びに行くの。ジュールは最近見ないけど、どこか具合が悪いのかな。コンソクはまたうるさく鳴いてるね。

名付けて語りかけているうちに芽生える愛情が、私を幸せな気持ちにしてくれる。周囲の自然物にもっと興味を向けて、もっとたくさん、かわいい名前をつけてあげたい。

사이가 좋은 사람끼리 둥글게 모인 밤이면
비단 자르듯 싹둑 일어서기 아쉽구나

思ふどち まとゐせる夜《よ》は 唐錦《からにしき》
たたまく惜《を》しき ものにぞありける

仲の良い人どうし車座になって楽しむ夜は、唐錦を裁つように
すっと席を立つのが惜しい。

詠み人知らず『古今和歌集』

小さな輪

これは昨夜私が詠んだ歌ではないかと錯覚するほど、私の気持ちに似ている。そう思うのは私だけではないだろう。ただ、韓国なら〈大根を切るように〉と言うところを、〈唐錦を裁つように〉と表現している。情け容赦なく断ち切ることを表すのに大根を切るようすほどぴったりなイメージはないのだけれど。大きな大根をすぱっと切る音は、決然と席を立つ気持ちの表現にふさわしいと思う。おそらく、キムチを漬ける時に大根をざくざく切るのを見て育

ったせいだろう。

和歌にある〈唐錦〉は当時、とても貴重な高級織物だった。めったに手にできない舶来の絹を裁ち切るのと同じくらい覚悟が必要なのは、気の合う人たちとの集まりで席を立つことだ。人間に対する愛情が感じられる。

車座を意味する〈まとゐ〉（〈円居《まどい》〉。古くは〈まとい〉）という言葉は『源氏物語』にも出てくる。親しい人たちが輪になって語り合うのは、当時も何ものにも換えられないほど楽しいことだったのだろう。輪の中に孤独は存在しない。仲間外れも排斥もない。代わりに愛がある。膝を突き合わせて交わす話があり互いに対する関心がある。

私は最近、宗教、職業、民族や国籍を問わず気の合う人たちが輪になって語り合うことに興味を持っている。メンバーは多彩な方が好ましい。人類が犯す過ちは、たいてい自分の宗教、思想、国家、セクシュアリティーだけが正しいという考えに端を発している。世の中のあちこちに小さな輪がもっとたくさんできれば、他の人のものも自分のものと同じぐらい美しく、自分が喜びを得るのと同じぐらい他の人もそれによって喜びを得ているという考え方が広く行き渡るかもしれない。気の合う人同士が集まってちょっとずつ小さな輪を増やすこと。そこに私は人類に対する小さな希望を見る。

그대 보고파 달도 없는 한밤에 깨어 있자니
가슴에 놓은 불로 타들어가는 마음

人に逢《あ》はむ つきのなきよは 思ひおきて
胸《むね》走《はし》り火に 心焼《や》けをり

好きな人に会う手段のない夜は月のない闇夜のようだ。
起きていても胸に火花が散り、心は恋に燃える。

小野小町『古今和歌集』

電気カーペット

月がない。古い日本語の〈つき〉には手段、方法という意味もあり、ここでは空の月に、あなたに会いたいけれど真っ暗で会いにゆく道もないという意味を掛けている。現代では運が悪い、うまく行かないという意味で〈付きがない〉と表現する。夜、空に月がなければ道も見えず、幸運もない。意味が三重になると、改めて月のない今夜がわびしくなってくる。

月も道も運もないような気がして悲しい時には、

いつも人間が力を貸してくれる。日本で骨身に沁みる寒さに耐えている時だった。

当時、私に韓国語を習っていた弘子姉さんが、大きな包みを差し出した。彼女はＮＨＫを退職して川崎でお父さんの仕事を手伝っていた。韓国旅行が好きで、基本的な会話を覚えておきたくて習っていると言っていたけれど、ひょっとしたら私とおしゃべりがしたかったのかもしれない。そんな姉さんが、授業終わりにそっと包みを差し出した。

「チョンさん、荷物になるけど、これ電気カーペット。今日、家を出ようとしたら母が、チョンさんが寒いだろうから持ってけって。オンドル部屋で暮らしてた人が畳の部屋で過ごすのは寒いでしょ？」

川崎の母と娘が玄関で私の寝床の心配をしながら電気カーペットを出して広げたりたたんだりしているようすが目に見えるようで、心がなごんだ。おかげでその日の晩は肩から腰、お尻まで温かくてよく眠れた。

弘子姉さんは最近も時たま、必要な本があったら送ってあげるとか、今の日本の文化の動向がどうだとか連絡してくる。いくら性能のいい電気カーペットでも、人と人が交わす情ほど熱くはなれない。

5월 기다려 피어나는 감귤꽃 향기 맡으니

그리운 옛사람 소맷자락 향이네

五月《さつき》まつ 花橘《はなたちばな》の 香《か》をかげば

昔の人の 袖の香《か》ぞする

五月を待って咲く橘の花の香りをかぐと、

かつて親しかった人の袖の香りを思い出す。

詠み人知らず『古今和歌集』

レモングラス

昔、ある夫婦がいた。夫が宮仕えに忙しくて妻にかまう暇がなかったせいで、妻は他の男について都を出ていってしまった。時が流れ、宇佐八幡宮に勅使として行った夫は、そこで元の妻に会う。前の夫だと気づかないまま酒をつぐ彼女に、男が歌を詠む。五月まつ花橘の香をかげば昔の人の袖の香ぞする……。女は、はっとして、酒をこぼしてしまったのではないか。

平安の貴族はそれぞれ自分の好きな薫香を着物に

焚きしめたから、香りだけで誰だかわかった。袖からほのかに橘の香りがする人。爽やかな花の匂いで人を見分けるとは、なんと粋なことだろう。和歌を題材にして作られたこの話は、平安前期に成立した『伊勢物語』に収められている。

人間は気をつけてかいでみると、それぞれ匂いが違う。隠喩的な表現ではなく、実際に嗅覚で感知する。私はどんな香りで記憶されるだろう。そんなことも考えて暮らしたい。

うん、私はレモングラスの匂いが好きだ。レモングラスはハーブの一種で、タイでレモングラスのオイルを使って好きになった。見た目はネギの白く固い部分みたいだけれど、食べてみるとレモンみたいな香りがする。タイではからっと揚げたり、トムヤムクンに入れたりもする。私はレモングラスの香りを、自分を代表する香りにしてみようかと思う。いつもレモングラスをそばに置いていれば、誰かが私を思い出す時にその爽やかな香りを思い浮かべてくれるだろう。

낮게 띠 자란 조릿대 숲 들판에 숨겨보아도
그대 그리는 마음 진정이 되지 않네

あさぢふの 小野《をの》の篠原 忍《しのぶ》れど
あまりてなどか 人の恋しき

浅茅《あさじ》の生えた小野の篠原の「しの」ではないけれども、人に隠して忍んでいても忍びきれない。どうしてこんなに恋しいのだろう。

源等『後撰和歌集』

片思い

中学生の時、音楽の先生が好きだった。人に知られたくないから音楽室の教壇に花や飲み物を置いたりはしなかったが、先生の指揮に合わせて歌ってい るとうれしくて首まで真っ赤になった。
モクレンの花の陰で／ウェルテルの手紙を読む／花咲く丘で笛を吹く……。「四月の歌」は先生の好きな歌だった。丘の上で先生を慕って一人で笛を吹いていると想像しながら一生懸命歌った。恋心を楽譜の陰に隠そうとしても、気持ちを落ち着けることのできない年頃だった。先生をもっと見ていたくて合唱団にまで入ったのだけれど、卒業するまで楽譜の後ろで顔を赤らめただけだった。恋心を告白する男の歌を見て、ふとそんなことを思い出した。

おそらく空が夕焼けに染まる時刻だったのだろう。チガヤや笹の葉が風に吹かれて音を立てる野原で、男は愛する人のことを思う。ああ、恥ずかしい。自分の気持ちを野原の草に隠そうとしても風が吹くと草が揺れて隠しきれない、という話。

まるで中学生だ。愛の虜になった人の心は、年を取っても片思いする中学生みたいにかわいい。

구름을 나와 나를 따라나서는 겨울밤의 달
바람이 저미느냐 눈이 차디차느냐

雲を出《い》でて 我にともなふ 冬の月
風や身にしむ 雪や冷たき

冬の月が雲を出て私についてくる。
月も風が身に沁みるのか。雪が冷たいのか。

明恵上人『玉葉和歌集』

無限の一つ

『雪国』の作家川端康成は、一九六八年ストックホルムで開かれたノーベル文学賞受賞スピーチにこの和歌を引用した。もちろん日本語でスピーチしたのだが、英語では次のように訳された。

Winter moon, coming from the clouds to keep
me company,
Is the wind piercing, the snow cold?

寒い冬の夜。山奥だけど月が一緒だから怖くはない。森を出ると月が私についてくる。山寺に入れば月も山の峰の向こうに消える。誰にも知られずに一緒に行動する月と私。私と月。そんな状況を詠んだ歌だ。川端はさらに次のように言う。

（……）いわゆる「月を友とする」よりも月に親しく、月を見る我が月になり、我に見られる月が我になり、自然に没入、自然と合一しています。（……）雲に入ったり雲を出たりして、禅堂に行き帰りする我の足もとを明るくしてくれ、狼の吼え声もこわいと感じさせないでくれる「冬の月」よ、風が身にしみないか、雪が冷めたくないか。私はこれを自然、そして人間にたいする、あたたかく、深い、こまやかな思いやりの歌として、しみじみとやさしい日本人の心の歌として、人に書いてあげています。

（「美しい日本の私」）

考えてみれば、川端康成の小説は一首の長い和歌のようだ。西洋人が彼にノーベル文学賞を与えたのも、彼らにとって珍しい仏教的思想や独特の感覚があったからだろう。川端は冬の夜の月の和歌を好んだが、私は暖かい春の花の和歌が好きだ。たとえば、紀友則のこんな歌。

만방에 비친 햇살이 부드러운 어느 봄날에 들뜨는 마음같이 꽃잎 흩날리누나

久方《ひさかた》の 光のどけき 春の日に 静心《しづごころ》なく 花の散るらむ

（これほどのどかな春の日に散る桜の花は、さぞかし落ち着けない、切ない気持ちなのだろう）

穏やかな春の日差しの中に散る花びらを見て胸をときめかせているのは私か、花か。つまり私が花で花が私である季節。ああ、私は今、この春の真っ盛りを歩きたい。

事物はそれぞれ違うように見えるけれど、私たちは巨大な一つだ。私たちはすべて完全に融合していて、引き離すことができない。自然も人間も国家も人種も政治も、互いに別のかけらのように見えているけれど、私たちは一続きのジグソーパズルの中に生きている。みんなそれを知っているのに、気づかないふりをしているみたいだ。

이 세상에서 변하지 않는 것이 어디 있겠어요
어제는 머물렀다 오늘은 흘러가네

世の中は なにか常《つね》なる あすか河《がは》
昨日《きのふ》の淵《ふち》ぞ 今日《けふ》は瀬になる

この世の中に変わらないものなどあるものですか。飛鳥川では昨日は深い淵だったものが今日は浅瀬になっているではありませんか。

詠み人知らず『古今和歌集』

不可能なこと

三島由紀夫はエッセイでこんなことを書いている。

私は小説を書くに当って、まず第一に、大へん困惑している。どう仕様もないほど困惑している。私が日本で、東京の一角で、一篇の小説を書きはじめるということは不可能なのではないかと思われる時がある。だから率直にいえば、私の小説は、この不可能事からの幾分かの妥協にはじまると言っていい。

（「私の小説の方法」）

私がこの本を書き始めた時がそうだった。ソウルの片隅で和歌をテーマにしたエッセイを書いて本にすることなど、とうてい不可能だと思えた。そこでぐずぐずしていたなら、永遠に会うことはできなかった。こんな文章で、こんな形で、あなたと私が。

だが考えてみれば世のすべての本、映画、絵画、音楽、建物、服飾などの始まりは不可能性にある。いったいこんな本が、映画が、建物ができるのか。みんなが使うものになれるのか。神ではないから、人間はそんな一抹の不安を抱いて仕事に着手する。これはこの時代に必ず必要なもの、あるいはとても役に立つもの、あるいはないよりはましなものになるのではないかと、その不可能性と少しずつ妥協してゆく。

昨日はアイデアの段階だったけれど今日はこれまで自分なりに準備してきたものを存分に発揮する。人間はそんなふうに、昨日まで存在しなかったものを今日創り出すこともできるし、逆に今日まで存在していたものを明日消滅させることもできる。人間の気持ち次第で世の中は一瞬ごとに変化する。多くの人がいろいろな着想をして作業を遂行するから、世の中は少しもじっとしていない。それが生きて動く世の中というものなのだろう。日常は毎日同じように見えてもこの世に変化しないものなど存在しない。人間は少しずつ何かをしなくてはいられない動物だからだ。

少なくとも私たちに夢があるならば、すぐには実現できそうになくても、いつか芽が出る。毎日少しずつその方向に動いてさえいれば。その可能性に向かって進むいささかの妥協が私たちの人生を、私たちの住む世の中をどれほど変化させるだろう。

生前、ノーベル文学賞候補に挙がっていた頃、地球上でもっとも優れた小説家だと言われたほどの才能と独自の文体を持っていた三島由紀夫ですら、小説を書くたびに思った。自分が小説を書くなんて、あり得ない。

私も思う。この本もすでに最終段階に来ている。ほんとに出版されるんだな。びっくりだ。昨日は深い淵に渦巻いていた川の水が、今日は急流になって流れてゆく。少しずつ水の量を増やしていけば流れが変わる。それぞれが持つ大きな、あるいは小さな志や夢、どれも不可能に見えるけれど、世の中は動かす方向に動く。それはほんとうだ。

안녕이라고 내게 분명히 말을 해줬더라면
나도 그때 눈물을 쏟았을 터인데

さらばよと 別《わかれ》し時に 言はませば
我も涙に おぼほれなまし

別れる時にさよならと言ってくれたのなら涙を流せたのですが、
何も言わないから泣くことすらできないでいます。

伊勢『後撰和歌集』

ピリオド

アンニョン（安寧）！

元気でいてね。別れる時、韓国ではそんなメッセージを込めた挨拶をする。

Goodbye!

神があなたと共にいますように。英語圏では'God be with you'の縮約語を使う。

再見《ツァイチェン》！

また会いましょう。情に厚い中国人は名残惜しさを込めてそう挨拶する。

さようなら！

日本語の〈さようなら〉は、〈さらば〉〈さようであれば〉から来ている。〈それでは〉〈そうしないといけないのであれば〉といった表現が繰り返されるうちに、別れの挨拶になった。

最近では、軽く「じゃあね」と言う。別れながら、今日のこの瞬間にピリオドを打つのだ。〈また会おう〉〈神のご加護がありますように〉〈お元気で〉というようなメッセージなしに、ただあっさり背を向ける。

「私たちは、今回はここまでです。さようなら」

簡潔を身上とする日本人らしい挨拶だ。自分の意思より森羅万象をつかさどる巨大な力を信じ、そういうことなら仕方ないと受け入れる気持ちがこもっている。ちょっと冷たく思えるかもしれないけれど、別れが簡潔なのと同じように、大きな問題や喜びもいつかすべて過ぎ去るだろうという思いが根底にある。小さなことに一喜一憂しないとでも言うか。

伊勢は言う。あなたが別れの挨拶もせずに去ってしまったせいで、私は未練が残っているのですよ。出会いも関係も仕事も恋も、きっぱりとしていてこそ気持ちが安らかになるのに。はっきりさせましょう。私たち、ほんとにこれで終わりですか？　ちゃんと言ってください。そうしないと、新たな出発もできません。

さあ、それでは、この本はここまで。次の本でまた会いましょう。

皆さん、どうかお元気で。
サヨナラ、そしてアンニョン。

日本の読者の皆さんへ

今日も山に登ってきました。一歳になった子犬ヨンピル（鉛筆の意）と一緒です。秋の長雨がやんだ森は濃緑色に揺れ、爽やかな草の香《か》が全身を包みます。木の枝先に銀の水滴が光り、ヨンピルは露に濡れた松ぼっくりをくわえて遊びながら走ります。とことこ。低い峰に上がってお気に入りの岩にヨンピルと並んで腰かけました。目覚めたばかりの町はすっきりした顔で私たちを見上げ、水色の羽のオナガたちはおしゃべりに夢中になっていて、ドングリを拾っていたリスが驚いてクヌギの陰に隠れる気配がする。そのすべてと私たちが一体であることに胸がいっぱいになります。私の朝はこんなふうに始まります。

山を下りて机の前に座れば、また別の山が私を待っています。十年間登ったり下りたりしている大小の森、日本語の本。訳すのは詩集だったり、小説、エッセイだったりします。小さく厚い文庫本もあれば、くっきり大きな字の単行本もあります。メールで送られた原稿をiPadで見ることもあります。一歩一歩山を登るみたいに毎日少しずつ訳していると、終わりそうになかった長い小説も、いつしか最終章に来ていたりします。一冊終われば、初めて読んだ時にはなかった、作家や詩人に対する愛情や作品に対する理解が自分の中に生じているのを感じます。そしてそのたびに自分の考えも少しずつ広がります。翻訳という仕事のいちばんいい点は、まさにそこだと思います。自分の文体を広げられること。

ところで、どうして日本語だったのでしょう。私が幼かった頃、韓国ではなかなか日本の大衆文化に触れることができませんでした。岩井俊二監督の『Love Letter』(一九九五)みたいな映画も正式に輸入されていなかったので、ビデオテープを友達の間で回し見していました。植民地時代を経験した韓国は、日本の文化が国民の情緒を蚕食《さんしょく》するのではないかと恐れていたようです。日本文化が正式に開放されたのは一九九八年以後で、ちょうど私が大学に入った頃でした。私たちは日本文化を満喫しました。日本書籍が競い合うように翻訳され、韓国の書店に出版大国日本の小説が、それこそ押し寄せる波のように溢れていたのを覚えています。大型書店の一番目立つ場所に日本の小説コーナーができて、私は新鮮な文体に満ちた新刊をどきどきしながら手にしました。江南《カンナム》駅近くの日本語学校に通い始めたのもその頃です。二十歳前後で初めて耳にした日本語は、歌のように響きました。ひらがなの曲線も、文字というより蝶が飛び回って描いた絵のように優しい感じでした。大学卒業後、三カ月の語学留学で福岡の中洲に行った時、決心しました。何があっても、お金を貯めてもう一度来ようと。どうしてそんなに好きになったのでしょう。釜山《プサン》で船に乗れば一、二時間で行ける近い国なのに、何が私をそんなに魅了したのでしょうか。その時私は日本という国で自由を感じていました。そうして月日は流れ、今は毎朝日本語に向かい合って文学を翻訳する仕事がとても楽しいのです。文学には両国間の複雑な政治関係も怨みも憎しみもなく、ただ人間への探究だけが存在するということが私を喜ばせます。私は日本文学の中で、毎日新しい発見をします。この本はその発見の小さな結実だと言えるかもしれません。

　東京に留学していた時、新宿の紀伊國屋書店や池袋のジュンク堂書店によく行きました。建物全体が本屋だなんて、すごい！　と感嘆しながら、特に欲しい本もないのに一階から順に上がっていって、いろいろな本を手に取る喜びに浸りました。二〇〇九年か二〇一〇年頃です。ある日、こんなに本がたくさんあるのだから韓国の小説も翻訳されているだろうと思って探してみたけれど見当たりませんでした。

「韓国の本はないんですか」と聞いてみると、「こちらにございます」と教えてくれたのは、ハングルの教本でした。当時、韓流ドラマはかなり人気があったのに、こんなに大きな書店に韓国文学の本がないなんて、と一人で意気消沈したのを覚えています。でも今はまったく違う光景が見えているのだから、やはり文化の波は時間の流れに沿って、想像もしていなかった新しい方向に伸びていくようです。

この本は、一千年の歳月を経た和歌を読みながら私が生活の中で感じたことを記したエッセイです。着物の袖を振っていた古人の歌が国境と時間を超えて私の心を揺らし、忘れていた話を呼び起こしてくれました。韓国で日本の大衆文化が開放されなかったら、この本は世に出なかったはずです。それに、今から十年前の、ハングルで書かれた本が日本で翻訳されることが珍しかった頃なら、やはりこの本は存在できなかったでしょう。何度も押し寄せた文化の波が偶然を重ねてできたこの本によって、変わらぬ言の葉の香を日本の皆さんと共にかぐことができるなら、このうえない喜びです。

ソウルの解放村《ヘバンチョン》の小さな本屋で開かれたオンラインブックトークを見て日本語版を提案してくれた編集者斉藤典貴さん、美しく豊かな日本語に訳してエッセイの品格を高めてくれた吉川凪さんにも感謝の挨拶を送りたいと思います。最後に、この本に登場する私のすべての日本の友人たちと先生、作家の方々に、今一度愛情と感謝の気持ちを伝えます。

二〇二一年　秋の仁王山《イナンサン》の麓で

チョン・スユン

訳者あとがき

チョン・スユン(鄭修阭)は一九七九年にソウルで生まれ、慶熙《キョンヒ》大学を卒業後、いくつかの職を経た後に早稲田大学修士課程で江戸川乱歩を研究した。現在は、翻訳家として活躍しており、太宰治全集、宮沢賢治や茨木のり子の詩集などの訳書で知られている。どういう経緯を経て翻訳家になり、どういう仕事をしてきたかは本書に詳しく書かれているから改めてここに書く必要はないだろう。

本書は日本の和歌をきっかけにして、日頃思っていることや自分と自分の周辺人物について書き綴った、チョン・スユン初のエッセイ集だ。原書のタイトルは『날마다 고독한 날(毎日が孤独な日)』で、これは著者が五年間過ごしたシェアオフィスの壁に掛かっていた額の「日日是好日《にちにちこれこうにち》」(毎日が良い日)という禅語をヒントにしたものだそうだ。

日本版では序文や第一章の内容からタイトルを『言の葉の森』とした。各エッセイの冒頭に著者による和歌の韓国語訳を掲げ、和歌の原文は和歌集に記載された形で記したうえ、簡単な通釈を添えた。また、日本の読者向けに、エッセイそのものにも情報を多少追加した。

チョン・スユンによる和歌の韓国語訳は現代語であるが、ハングルの文字数をできる限り五七五七七にしようと工夫している。ハングルの三十一文字がどういう詩的効果をもたらすのかは韓国語のネイティブスピーカーが判断すべきことだろうが、野心的な試みには違いない。取り上げられている和歌は百人一首にあるものが多く、日本の読者にはなじみやすいはずだ。

俳句に関して言えば、第二次世界大戦後に、欧米ではかなり知られるようになった。アメリカに滞在経験を持つ知人によると、子供が小学校の宿題で、ＨＡＩＫＵ――この場合は三行から成る短い英語の詩――を作ってきなさいと言われたそうだ。韓国ではあまり紹介されていなかったのだが、人気詩人リュ・シファが芭蕉、一茶などの俳句を翻訳した『一行でも長すぎる』がヒットしたことをきっかけに、二〇〇〇年頃から広く知れ渡った。短歌は、日本で大ヒットした俵万智『サラダ記念日』が韓国でも二〇〇一年に翻訳出版されて話題を呼び、その後も何度も改訂版が出されている。しかし、古典和歌については、一般にはほとんどなじみがない。その意味でも、本書は画期的な意味を持っている。

とはいえチョン・スユンは古典文学の研究家ではないから、万葉集と新古今集の時代の隔たりなど、あまり気にかけていないように見える。地理に関しても、東北はひとくくりにして〈東北地方〉としている。外から見れば、そういうものなのだろう。そして、だからこそ「長からん心も知らず黒髪の乱れてけさはものをこそ思へ」で太宰治の水死体を、「夜もすがらもの思ふころは明けやらぬ閨《ねや》のひまさへつれなかりけり」で、夜、トラックを止めて客を待つ果物屋を連想するという、大胆不敵な芸当ができるのだ。常識にとらわれず、遠い昔の雅な人々の心情を、まったく関連がなさそうに見える人の気持ちに引きつけて考える自由な発想が、このエッセイ最大の特色であり魅力でもある。古文の授業に興味を持てなかった日本の読者が、本書をきっかけに古典文学に目を向けるようになってくれたなら、訳者として望外の幸せだ。

二〇二一年九月　吉川凪

本書に掲載された和歌は
日本語版製作に際して
下記の文献を参照した

◆『古今和歌集』（新編 日本古典文学全集11 小学館）
◆『新古今和歌集』（新編 日本古典文学全集43 小学館）
◆『後撰和歌集』（新 日本古典文学大系6 岩波書店）
◆『後拾遺和歌集』（新 日本古典文学大系8 岩波書店）
◆『金葉和歌集 詞花和歌集』（新 日本古典文学大系9 岩波書店）
◆『千載和歌集』（新 日本古典文学大系10 岩波書店）
◆『風雅和歌集』（風雅和歌集全注釈 中巻 笠間書院）
◆『拾遺和歌集』（和歌文学大系32 明治書院）
◆『続後撰和歌集』（和歌文学大系37 明治書院）
◆『玉葉和歌集』（岩波文庫）
◆『万葉集（二）』（岩波文庫）
◆『大伴旅人――人と作品』（中西進、祥伝社新書）

著者について

チョン・スユン　鄭修院

1979年ソウルに生まれる。作家、翻訳家。大学卒業後いくつかの職を経た後、
早稲田大学大学院文学研究科で修士号を取得した。訳書に太宰治全集、茨木のり子詩集、
宮沢賢治『春と修羅』、大江健三郎『読む人間』、井上ひさし『父と暮せば』、
若竹千佐子『おらおらでひとりいぐも』、崔実『ジニのパズル』、
最果タヒ『死んでしまう系のぼくらに』『夜空はいつでも最高密度の青色だ』、
凪良ゆう『流浪の月』など、著書に長篇童話『蚊の少女』がある。

訳者について

吉川凪　よしかわ・なぎ

大阪市生まれ。新聞社勤務を経て韓国に留学し、仁荷大学国文科大学院で
韓国近代文学を専攻。文学博士。キム・ヨンハ『殺人者の記憶法』(クオン)の翻訳で、
第4回日本翻訳大賞を受賞。著書に『京城のダダ、東京のダダ――高漢容と仲間たち』(平凡社)、
訳書にチョン・セラン『アンダー、サンダー、テンダー』、崔仁勲『広場』、
朴景利『土地』(以上クオン)、チョン・ソヨン『となりのヨンヒさん』(集英社)など多数ある。

言《こと》の葉《は》の森《もり》
―― 日本の恋の歌

著　者　チョン・スユン
訳　者　吉川凪

2021年11月30日　第1版第1刷発行

発行者　株式会社亜紀書房
〒101-0051　東京都千代田区神田神保町1-32
TEL　03-5280-0261　https://www.akishobo.com/
装丁・装画　鈴木千佳子
DTP　山口良二
印刷・製本　株式会社トライ　https://www.try-sky.com/

 Printed in Japan　ISBN 978-4-7505-1721-6　C0095